16	3	2	13
5	10	11	8
9	6	7	12
4	15	14	1

Idra Novey

A ARTE DE DESAPARECER

Tradução
Roberto Taddei

editora 34

EDITORA 34

Editora 34 Ltda.
Rua Hungria, 592 Jardim Europa CEP 01455-000
São Paulo - SP Brasil Tel/Fax (11) 3811-6777 www.editora34.com.br

Copyright © Editora 34 Ltda. (edição brasileira), 2017
Copyright © 2016 by Idra Novey
All rights reserved including the rights of reproduction
in whole or in part in any form.

A FOTOCÓPIA DE QUALQUER FOLHA DESTE LIVRO É ILEGAL E CONFIGURA UMA
APROPRIAÇÃO INDEVIDA DOS DIREITOS INTELECTUAIS E PATRIMONIAIS DO AUTOR.

Título original:
Ways to Disappear

Imagem da capa:
Antonio Malta Campos, Sem título, *25 x 20 cm, 2012, guache s/ cartão*

Capa, projeto gráfico e editoração eletrônica:
Bracher & Malta Produção Gráfica

Revisão:
Alberto Martins, Guilherme Tauil

1ª Edição - 2017

CIP - Brasil. Catalogação-na-Fonte
(Sindicato Nacional dos Editores de Livros, RJ, Brasil)

Novey, Idra
N724a   A arte de desaparecer / Idra Novey;
tradução de Roberto Taddei. — São Paulo:
Editora 34, 2017 (1ª Edição).
272 p.

Tradução de: Ways to Disappear

ISBN 978-85-7326-686-3

1. Literatura norte-americana.
I. Taddei, Roberto. II. Título.

CDD - 820EU

A ARTE DE DESAPARECER

para Leo, por todos os litorais

Por um tempo nos tornamos a mesma palavra.
Não poderia durar.

Edmond Jabès

Em um parque decadente numa área decadente de Copacabana, uma mulher parou debaixo de uma amendoeira com uma mala e um charuto. Era uma mulher roliça com um tufo de cabelos grisalhos presos na nuca. Depois de observar a árvore por um minuto, ela mordeu o charuto, levantou a mala até o galho mais baixo, e escalou a árvore.

Dá uma olhada naquilo, disse um dos jogadores de dominó do parque enquanto a mulher subia mais alto, expondo a calcinha frouxa de algodão e a celulite das coxas.

Os jogadores de dominó estavam quase parando para o almoço, mas consideraram inadequado deixar uma mulher sentada em uma amendoeira com um charuto e uma mala. Júlio, o mulherengo, foi escolhido para investigar. Em preparação, deu uma alongada nas pontas do bigode e conferiu o alinhamento dos suspensórios. Ao pé da árvore, olhou para cima e encontrou o traseiro largo da mulher agigantando-se bem acima de sua cabeça. Para enxergar o resto dela, deu um passo para o lado e percebeu que tinha um livro aberto no colo, como se estivesse sentada numa estação de trem.

Senhora, posso ajudar? Ele perguntou.

A mulher agradeceu a pergunta, mas disse que estava esperando por aquele dia já há algum tempo e estava empoleirada ali tão serenamente, com seu livro aberto e o charuto, que Júlio disse boa sorte e foi para casa comer feijão.

Em frente à TV e ao prato de arroz e feijão, a tradutora norte-americana Emma Neufeld disse ao namorado que estava nervosa. Sua autora não respondia aos e-mails há mais de uma semana.

Miles disse que ela gastava muito tempo se preocupando com e-mails não respondidos. Ultimamente só queria falar sobre quando deveriam se casar e se teriam que convidar todos os colegas do grupo de corrida. Disse que estava considerando a ideia de fazer uma festa ao ar livre.

Emma, por outro lado, estava considerando a ideia de nunca.

Isso ela ainda não tinha dito.

Naquela noite um e-mail finalmente chegou do Brasil, mas não era de Beatriz. O remetente se chamava Flamenguinho. A senhora Neufeld estava sabendo, o homem perguntava, que a autora dela tinha recentemente escalado uma amendoeira com uma mala nas mãos e não tinha sido vista nos últimos cinco dias?

Emma se aproximou da tela para se certificar de que lia a mensagem corretamente. Murmurou as palavras em português para *amendoeira* e *mala*. Para *autora* e *desaparecida*. Na estante à sua frente estavam as cinco traduções que consumiram sua vida desde que havia se formado na faculdade. Terminara uma após a outra com a intensidade de uma viciada. Nenhum outro tradutor, em nenhum outro idioma, tinha publicado tantos trabalhos de Beatriz quanto ela.

No andar de baixo Miles tinha começado a preparação noturna para a corrida matinal. Ela ouviu o baque dos dois pares de tênis caindo junto à porta, o tilintar das chaves que ele arrumou ao lado de uma banana. Deixar uma pessoa capaz de tal devoção meticulosa era difícil.

Conferiu o clima. Do lado de fora da casa deteriorada que tinham alugado em Pittsburgh nevava torrencialmente. No Rio de Janeiro fazia mais de 40°C.

Ao telefone, Raquel Yagoda disse à tradutora de sua mãe que não havia por que Emma vir ao Brasil. Não é necessário, ela disse, e você nem imagina a onda de calor que está fazendo agora.

Mesmo assim, Emma continuou insistindo até que Raquel pediu desculpas e disse que tinha que desligar o telefone. Na TV Globo as notícias exibiam as mesmas fotografias antigas: sua mãe em um terninho roxo de poliéster recebendo o Prêmio Jabuti em 1983, sua mãe grávida de sete meses de Marcus na Feira do Livro de Porto Alegre, sua mãe numa entrevista para a TV quando seu cabelo ainda era escuro e volumoso, o corpo tão magro que se fechava feito um leque quando girava na cadeira.

Se você tem alguma informação sobre a escritora sul-africana Beatriz Yagoda, disse o apresentador do jornal, por favor ligue para o número abaixo.

Sul-africana, repetiu Raquel, e desligou a TV. Sua mãe tinha deixado Joanesburgo aos dois anos de idade. Sua mãe era tão sul-africana quanto a Bossa Nova.

Quando chegaram ao aeroporto de Pittsburgh, Emma já estava pensando em português. A seu lado, Miles seguia vociferando em inglês que aquela viagem era uma escapada desnecessária. É tão irresponsável, ele disse, quando temos um casamento para pagar.

Emma o deixou falando. Estava cansada de explicar. Não apenas conhecia os livros de Beatriz. Conhecia o tom salmão do seu roupão de banho e em que lado do sofá Beatriz preferia se acomodar para ler. Nos últimos sete anos Emma tinha aproveitado sua verba de pesquisas linguísticas para fazer uma peregrinação anual e se encontrar com a autora. Planejava as viagens com muita antecedência e Miles nunca tinha implicado com elas. Também não perguntava muito a respeito, o que ela aprendeu a apreciar. Porque as viagens não precisavam se tornar meras anedotas, podia reavivar as experiências de forma mais intuitiva quando trabalhava em suas traduções. Ela se lembrava de uma manhã no Rio como não mais do que um brilho alaranjado sobre o oceano e usou aquela luz para iluminar os barcos escuros e estranhos das imagens criadas por Beatriz enquanto os conduzia para o inglês.

Miles estava errado. Ela conhecia Beatriz bem demais para não ajudá-la agora. E se ninguém mais pensasse numa passagem de um de seus primeiros contos em que o carcereiro desaparece dentro de uma árvore? Com Miles ainda explodindo ao seu lado no carro, Emma não conseguia se lembrar do título do conto. Mas sabia que se lembraria assim que estivesse sozinha no aeroporto.

E então, na fila para a revista de bagagens no embarque, o título reapareceu. "A lua nova". Assim que se lembrou do título, a história veio inteira, a ilha com nada além de uma prisão e uma orquestra de lagartos tridátilos que embalavam as noites dos presos com sambas e maracatus. O conto era sobre um prisioneiro mudo que esculpia ossos de galinha e o carcereiro que se apaixonava por ele, e então o envenenava, na esperança de pôr fim a seu sofrimento.

Mas havia também outro carcereiro na história. Um personagem secundário que trepava numa palmeira fora dos muros da prisão para ouvir os lagartos e que achava a distância tão libertadora, sentado ali no alto e fora de visão, distante dos outros carcereiros e prisioneiros, que nunca mais descia da árvore.

Ou talvez houvesse a sugestão de que mais alguma coisa acontecia na árvore — Emma não se lembrava. Teria que encontrar o livro quando chegasse ao apartamento de Beatriz. Ou então o amigo que tinha sido tão gentil a ponto de escrever contando sobre o desaparecimento da autora certamente teria uma cópia. Beatriz nunca mencionara alguém chamado Flamenguinho, mas era evidente que ele conhecia Beatriz bem o bastante para saber o quanto elas eram próximas. Sabia que a tradutora americana de Beatriz seria importante num momento de crise como esse. Marcaram de se encontrar no bar do hotel assim que ela chegasse. Estava ansiosa para sentir na boca outra vez a entonação melosa do português, a brisa do Atlântico na pele.

Na saída do Aeroporto Internacional do Galeão aspirou o fedor familiar de axilas, escapamentos e goiabeiras que a agrediu assim que deixou o saguão de desembarque com suas bagagens e o ar das ruas caiu em cheio sobre ela. Já podia sentir o vestido grudando nos braços e nas costas. Após tanto inverno, a sensação pegajosa e os odores abundantes eram gloriosos. Chegar ao Rio era lembrar que se tinha um corpo, sempre a nos acompanhar.

O motorista do táxi também tinha um corpo, em grande parte à mostra sob uma camiseta rosa apertada, toda ela cintilando de suor. Quando perguntou onde ela tinha aprendido a falar português, contou sobre Beatriz.

Mas você tem que traduzir os grandes de verdade, ele disse, os mestres como Jorge Amado e Carlos Drummond.

Então ela falou sobre o carcereiro na árvore, a ilha dos prisioneiros com a orquestra noturna de lagartos, como era daquelas histórias tão vagas e estranhas que pareciam um puro segredo sussurrado do mundo.

Ah, eu conheço. "O Caldeirão do Diabo", o motorista falou.

Não, acho que se chama "A lua nova", respondeu Emma.

Estou falando da prisão, ele disse. Fica quente como a panela do inferno lá na Ilha Grande.

Ilha o quê? Não consigo entender o teu sotaque.

Flamenguinho soltou um arroto tão explosivo que os olhos saltaram da cara como os de um sapo. À erupção, algumas pessoas do bar se voltaram impressionadas. Emma não imaginava Beatriz sendo amiga de um homem como aquele. Além do problema de eructação, tinha o que parecia ser a tatuagem de uma lixeira no pescoço.

Ele também insistia em dirigir as perguntas diretamente para os seus peitos. Quem a estava ajudando na Ilha Grande? Ele perguntou para sua blusa.

Bem, acho que tem mais a ver com esse primeiro conto dela, disse Emma. Ele se passa na...

Burp! Mais um arroto explodiu, e com tamanha força que Flamenguinho teve que segurar a mesa.

Escuta, ele disse para os seus peitos, foda-se essa história. Sabe o que eu quero? Quero a porra dos 600 mil dólares que ela me deve. Tá certo? Sei que ela tá quebrada. Então tu precisa arrancar essa merda de livro dela. O que tu conseguir do livro no teu país, meio milhão é meu, e daí ela não precisa morrer.

Emma olhou para as próprias mãos. Seus dedos se entrelaçaram numa forma que suas professoras de yoga chamavam de "o nó". Não era o momento de explicar que a Elsewhere Press era apenas uma mulher chamada Judie no interior de Nova York e alguns estagiários de uma pequena universidade da vizinhança. Por cada livro publicado por Judie,

Emma e Beatriz tinham recebido a mesma quantia: quinhentos dólares. Para conseguir viver, Emma dava intermináveis aulas de "português para falantes de espanhol" em um campus secundário da Universidade de Pittsburgh.

Com os dedos ainda entrelaçados, perguntou a Flamenguinho como tinha conseguido seu endereço de e-mail. Ele bufou pelas narinas.

Tá vendo isso? Ele abriu a jaqueta para mostrar um volume que parecia uma arma no bolso esquerdo. Seria uma cagada, ele disse, tu achar que sou idiota. Te encontrei na rede, como qualquer imbecil, e se tu vender o livro dela e me mandar o dinheiro não vou precisar te encontrar de novo. Tá escutando o que eu tô dizendo?

Com uma leve sensação de vertigem, Emma assentiu com a cabeça. Dentre todos os cenários que tinha imaginado para si no Rio de Janeiro, receber uma ameaça daquela natureza não estava nos planos. Tampouco tinha imaginado sua autora como alguém que ocultasse um vício e, com certeza, não o do jogo. Tinha traduzido cada emoção escrita por Beatriz. Tinha discutido centenas de palavras e o porquê de Beatriz tê-las escolhido em vez de outras. Tinham tomado café juntas de pijama. Emma aprendera a entender os impulsos de sua autora mais do que seus próprios. Se não pudesse encontrar Beatriz, não encontraria ninguém.

Tenho uma ideia de onde ela pode estar, Emma falou para o agiota sentado à sua frente. Se ela já tiver terminado o livro, traduzo o mais rápido possível. Qualquer quantia que ele render nos EUA será sua. Eu prometo.

Promessa: do latim *promissum*. Primeiro uso conhecido: século XV. **1**. Declaração do que uma pessoa pretende fazer, que pode ou não corresponder àquilo que a pessoa realmente faz. **2**. Verbo utilizado para afirmar um certo resultado, como em: *Com tempo, um tradutor se acostuma a prometer o impossível da mesma maneira que um agiota se acostuma a prometer retaliação*. **Ver também**: humanidade depois de Babel, enforcamentos durante a Inquisição, música de câmara no escuro.

Raquel deixou o irmão abrir a porta para Emma. Ainda não queria ter que lidar com a tradutora de sua mãe, mas Marcus argumentou que Emma tinha vindo de longe para ajudar. Se estava tão interessada em falar com eles, não podiam simplesmente dizer não.

Raquel não concordou, mas também nunca entendeu por que sua mãe deixava Emma ficar no quarto de hóspedes. Uma tradutora não era família e sua mãe nunca tinha se referido a Emma como amiga. Mesmo assim, todo mês de junho a tradutora norte-americana chegava, e tão tensa e magra que era impossível relaxar quando estava no apartamento. Seu protetor solar também era um problema. Durante as visitas de Emma, a sala de estar recendia a loção barata americana, com um forte fedor de zinco.

A história do agiota obeso com os arrotos era justamente o tipo de paranoia *nonsense* que Emma seria capaz de oferecer. Uma psicóloga amiga de sua mãe já havia alertado sobre o que devia ter acontecido: Beatriz teria sofrido um ataque repentino de amnésia ou atravessava a agonia de uma fuga dissociativa. De que outra maneira explicar por que uma mulher de sessenta anos arrastaria uma mala para cima de uma árvore?

Claro, sua mãe sempre gostou de pôquer e de vencer. Sempre brincou de pôquer com eles quando crianças e jogava para valer com seus amigos escritores. Em ambos os casos, nunca revelava que tipo de cartas tinha nas mãos até o final.

Mas sua mãe nunca jogaria online, e nunca por muito dinheiro. Nunca teve muito dinheiro. E se um agiota tinha notado como era boa jogadora e a tinha provocado a aumentar a aposta emprestando dinheiro, ainda assim ela não teria arriscado. Para quê? Tinha todo um clã de velhas tias em São Paulo que enviavam dinheiro sempre que precisasse, ainda que as chamadas telefônicas tivessem um custo. Sempre terminavam com sua mãe curvada, se desculpando, dizendo, Vocês estão certas, estão certas, é isso mesmo que eu devia ter feito.

Quando adolescente, Raquel fez muitos dos telefonemas por ela. A cada vez as tias contavam a mesma história de sua mãe caindo de uma árvore quando criança e batendo a cabeça, como aquilo explicava tudo. Mesmo assim, as tias sempre mandavam mais dinheiro do que sua mãe tinha pedido. Se a chamada era muito próxima ao Shabat, enviavam o dinheiro logo pela manhã da segunda-feira.

Esse homem está te passando um trote, Raquel disse a Emma.

Ele tinha uma arma na jaqueta.

Metade do Rio de Janeiro tem uma arma na jaqueta, não é mesmo, Marcus? Raquel procurou pelo irmão, que havia se sentado na cadeira de trabalho da mãe enquanto limpava da mesa uma série de guardanapos e embalagens de chocolate amassadas, em busca do teclado.

Não liga o computador da mamãe, Raquel disse. Deixa isso quieto. Ela nunca teria jogado online. Se estava no computador, estava escrevendo.

Marcus ligou o aparelho.

Até conhecê-los, Emma não tinha dado muita importância ao fato de que sua autora tinha filhos. Em sua primeira visita ao Brasil, ela tinha sido pega de surpresa pelo olhar de um homem jovem na sala de estar com as mesmas maçãs do rosto pronunciadas e os olhos verde radioativos da mãe. O olhar de Marcus, no entanto, não tinha a mesma intensidade da mãe. Era sensual e sonolento. Ele trabalhava algumas noites por semana no bar de uma das casas noturnas mais caras do Leblon onde, Emma não ficou surpresa em saber, recebia gorjetas tão extraordinárias que não tinha motivação para procurar nenhum outro trabalho.

A irmã mais velha era quem herdara a intensidade da mãe, mas no rosto o registro tinha saído muito diferente. Os olhos de Raquel eram pequenos e desconfiados, a expressão padrão, de desgosto. Quando Emma a encontrou pela primeira vez, Raquel estava furiosa com os sindicatos com os quais tinha que lidar trabalhando para uma grande companhia mineradora. Agora estava em uma mineradora ainda maior e ainda mais furiosa com os sindicatos.

Numa noite, depois de ficarem conversando por horas na varanda, Emma perguntou a Beatriz se não escrever a respeito dos filhos tinha sido uma escolha consciente. Beatriz a olhou confusa e respondeu que o romance que ela acabara de traduzir era inteiramente sobre os filhos. Emma corou e disse, claro, ela queria dizer antes disso, nos outros livros.

Mas então os paralelos entre os prefeitos do romance e seus filhos se tornaram óbvios. *Você provou as borboletas?* seguia os destinos de dois prefeitos no comando de duas cidades adjacentes ao longo do rio Amazonas. Um dos prefeitos era laborioso e reconstruía e pintava continuamente o porto da cidade para atrair turistas e seu dinheiro. Apesar de seus melhoramentos, todos os estrangeiros que desciam o rio paravam na cidade do outro prefeito, que não renovava nada e dava de ombros para os problemas dos ribeirinhos que atiravam lixo nas encostas do rio. Os monturos atraíam urubus e milhares de mosquitos, mas também grandes quantidades de borboletas cor de laranja e lilás que pousavam em nuvens adejantes sobre os braços dos viajantes estacionados no porto em ruínas, rindo das cócegas de tantas asas coloridas roçando contra a pele.

Para competir, o prefeito laborioso plantou margaridinhas e encomendou carregamentos de larvas de lagarta de diversas incubadoras. No entanto, assim que as borboletas emergiam dos casulos, voavam para o lixo amontoado ao longo das encostas da cidade do outro prefeito.

Puta que o pariu, Marcus praguejou para a tela do computador. Emma deu um passo silencioso para ver o que ele tinha aberto. Era o histórico de navegação da mãe, recheado de sites de pôquer.

Deixa eu ver isso, Raquel empurrou o irmão e assumiu o controle do teclado.

Talvez eu devesse ir embora, disse Emma.

Não, não, por favor, não vá. Marcus se levantou, indicando o caminho para que ela o seguisse até a cozinha e deixassem Raquel percorrer o histórico de navegação sozinha. Da fruteira sobre a pia da cozinha ele tirou alguns limões envelhecidos, apalpou-os entre as mãos e encolheu os ombros.

Dá pro gasto, ele disse, e começou a preparar um trio de caipirinhas, compensando o pouco limão com doses extras de cachaça e açúcar. Marcus entregou a Emma o drinque e observou parado enquanto os lábios dela se fechavam contra a borda do corpo.

Não tem por que você pagar um hotel, ele disse. Minha mãe gostaria que você ficasse aqui. O quarto de hóspedes é seu, se quiser.

Emma tinha a intenção de ser respeitosa. Queria deixar cada objeto do banheiro de sua autora precisamente onde estava quando de sua chegada. Com Beatriz no quarto ao lado, nunca lhe ocorrera de pegar a escova de cabelos de sua autora e pentear-se. Mas agora Beatriz não estava no quarto vizinho e assim que Emma se permitiu pegar a escova de sua autora e pentear-se, então foi necessário fazer isso mais uma vez e ainda uma terceira.

Fora do banheiro, o apartamento era tão quieto que podia ouvir o barulho dos carros passando na Barata Ribeiro, ou talvez fosse algo mais próximo, os caquis e maracujás amadurecendo na cozinha, ou o murmúrio dos livros de sua autora nas estantes, perguntando quando ela voltaria.

Em sua última visita ao Brasil, Emma esteve ao lado de Beatriz na porta desse mesmo banheiro e confessou que não fora tão devotada à sua última tradução quanto nos livros anteriores e Beatriz respondeu que devoção era para beatos. Para que a tradução seja uma arte, ela disse a Emma, você tem que fazer as desagradáveis, mas necessárias, transgressões que um artista faz.

Com Beatriz desaparecida, o que poderia qualificar como transgressão necessária era ainda mais incerto. Ao decidir viajar para o Brasil, na ausência de sua autora, ela se pusera à prova. No espelho do banheiro Emma olhou o reflexo de sua mão e a escova, que não era dela, mas em cujas cerdas ela agora adicionara uma nova camada de fios de cabelos. Em sua mente apareceu um tribunal medieval. As paredes eram feitas de pedras e sua visão, do banco dos réus. Dezenas de espectadores a encaravam e, voltando o rosto para seu corpo, ela entendeu o porquê. Os contornos de suas mãos e braços tinham se tornado imprecisos. Também suas pernas. Quando ergueu as mãos para tocar o rosto, foi como se atravessasse uma nuvem de vapor. No entanto, todos na galeria olhavam fixamente em sua direção. Podiam vê-la, ao menos a consideravam legível o bastante para que fosse julgada pelos crimes que a ela eram imputados.

Emma tentou lembrar de que livro ou filme teria resgatado uma cena de tribunal tão peculiar. A não ser que a imagem não tivesse vindo de nenhum outro lugar e fosse dela, algo que estivesse guardando por algum tempo, mas que não conseguira reconhecer como dela até encontrar-se sozinha naquele apartamento, levando a escova em direção aos cabelos. Até que escutasse o estalido de seus próprios fios enroscando-se naquelas cerdas.

Raquel pegou o telefone com a intenção de ligar para o chefe e então decidiu-se pelo contrário. Thiago tornara-se mais do que um chefe nos nove anos que vinham trabalhando juntos, embora esse mais variasse de modo imprevisível. Ligar quando estava tão chateada podia ser um erro. Ele pensaria que Raquel não sabia lidar com os grevistas broncos de Minas Gerais e então passaria as negociações para Enrico.

Sentou na cama. Sempre podia ligar para Marcus, mesmo sabendo que desligaria sentindo-se ainda mais sozinha. Brigariam novamente e, além do mais, ele já devia estar na balsa com Emma. Raquel era contra aquela viagem. Reconhecia não ter ideia melhor sobre onde procurar a mãe, mas aquilo não era motivo para se fazer uma viagem inspirada em um conto qualquer que a mãe tinha escrito vinte anos antes. Emma era como todos aqueles supostos admiradores de sua mãe, que acreditavam conhecê-la de modo especial só porque tinham estudado seus livros. Mas eles não sabiam nada dos dias que a mãe passava na cama depois de ligar para as tias em São Paulo para pedir dinheiro emprestado ou qualquer outro motivo que não pudesse explicar. Ficava prostrada, imóvel feito um crocodilo, com aqueles olhos verdes de réptil, ouvindo Raquel falar, mas incapaz ou sem vontade de responder.

Se a mãe deles estivesse escondida numa ilha, Raquel estava certa de que seria em uma muito mais distante. Ilha Grande era muito perto do Rio e cheia de burgueses boêmios.

Sua mãe não gostaria de ficar no meio desse tipo de gente, que fumava baseado de Havaianas e mandava mensagens pelo iPhone. O governo tinha dinamitado a prisão muitos anos atrás. Raquel assistiu à explosão pela TV, ao lado da mãe. Enquanto a prisão desmoronava, sua mãe apontou para os passarinhos voando das árvores em direção ao céu e disse, Veja, os passarinhos estão colapsando no céu. Raquel olhou relutante para os passarinhos em meio à fumaça. Gostaria de ter comentado com a mãe apenas uma vez o que estava realmente acontecendo. Uma demolição.

Quando as pessoas perguntavam como era ser a filha de alguém capaz de inventar histórias tão peculiares, Raquel contava a verdade. Nunca tinha lido os livros da mãe. Não tinha paciência para a ilusão de que se podia conhecer alguém só porque havia lido seus livros. O que dizer a respeito daquilo que uma escritora nunca colocava no papel — não era aquele o verdadeiro conhecimento de quem era sua mãe?

Fiel à natureza do transporte público no Brasil, a balsa para Ilha Grande estava uma hora atrasada. Emma, fiel à natureza dos viajantes ansiosos de qualquer lugar, aproveitou a oportunidade para correr até o cybercafé mais próximo. Sua caixa de e-mails tinha duas mensagens de Miles, que ela não abriu. Tinha pago por apenas dez minutos e queria procurar por uma espécie de sapo-de-barriga-vermelha sobre o qual conversara com Marcus no táxi.

Nome científico: *Melanophryniscus dorsalis*.
Nome popular: Flamenguinho, pelas cores preta e vermelha, em associação às cores do time de futebol.
Alcalóide tóxico/veneno: Altamente variável, geralmente fatal.

O respeitado editor Roberto Rocha gostava de testar seus assados para ver se a carne valia o preço pago. O teste analisava a densidade da fumaça assim que o assado começava a chiar na grelha. Com a ficção que selecionava para publicar, fazia o mesmo teste, procurando por algo tenro no meio, mas denso o bastante para impregnar o ar.

Não tinha se deparado com um original dessa qualidade em anos. Tudo o que aparecia em sua mesa de trabalho o entediava nas primeiras quarenta páginas. Até mesmo os trabalhos que havia concordado em publicar agora lhe pareciam nacos baratos e ressecados, com um gosto sintético residual. Queria que alguém o tivesse avisado que devotar sua vida e sua herança a uma casa editorial o deixaria com tamanho cinismo e sobrepeso. Evidente que, se o tivessem feito, teria descartado tal pessoa como um filisteu imbecil.

Senhor Roberto? A assistente Flávia bateu à porta e colocou a cabeça para dentro da sala. A correspondência chegou. Tem uma carta da sua prima Luísa.

Excelente, ele disse, já que eu não tenho uma prima chamada Luísa.

Talvez seja Laura Flaks. Ou Lourdes? A escrita à mão é um tanto ilegível. Flávia arrumou os óculos de aros pretos e grossos que todas as assistentes literárias usavam agora e entregou a ele o envelope.

O sobrenome Flaks soava familiar, embora não houvesse ninguém em sua família com esse nome. Rocha tinha quase certeza de que se tratava de um sobrenome judeu.

Caro Roberto, a carta começava, odeio ter que pedir isso, mas espero que, dadas as circunstâncias, você tenha a gentileza de ajudar uma prima muito bem escondida a permanecer onde está por mais uma semana no hotel informado abaixo.

Que bizarrice maravilhosa, disse Rocha.

E então ele se lembrou: a cena da banheira de espuma nas páginas iniciais do romance que tinha colocado sua editora no mapa. Luísa Flaks com a cabeça recostada, os longos cabelos esparramados sobre o ladrilho como a teia de uma aranha. A sensual e banal Luísa deitada na banheira, ou nem tão banal assim, já que tivera a coragem de não fechar as torneiras, deixando a água escorrer pelas bordas e sobre os azulejos, inundando o apartamento inferior, deixara escorrer tanta água até que sua pele tivesse corrugado as pontas dos dedos das mãos e dos pés e não pudesse mais sentir a espinha contra a porcelana da banheira. Rocha tinha achado a cena um tanto excessiva, a descrição arrastada, mas Beatriz insistira que aquela era a questão: transbordar tudo — a água, os detalhes. Levar tudo aquilo até o limite.

Tinha sido o único romance publicado por Rocha a ganhar uma segunda tiragem já no primeiro mês. Depois que o segundo livro de Beatriz ganhou todos os principais prêmios literários do país, ele a convenceu a trocar de editora, a procurar uma casa maior, mais internacional. Não queria prendê-la. Sua esperança era de que continuasse a dividir os originais com ele, o que ela fez. Todos eles.

Na outra mesa, disse para Flávia, está meu talão de cheques. Você poderia trazê-lo aqui?

Uma chuva fina começou a cair sobre a plataforma enquanto Emma embarcava na balsa. Apesar da garoa, dois garotos sentados à proa começaram a desencapar violões surrados. Outros, incluindo Marcus, aproveitaram os bancos cobertos para deitar e tirar uma soneca durante a viagem.

Emma estava muito excitada para descansar. Achou melhor sentar na ponta do enorme banco em que Marcus dormia, para que pudesse tomar conta da mala dele. Pittsburgh, Miles, seu trabalho — tudo aquilo parecia uma segunda pele que havia trocado ainda no avião. Até mesmo o idioma inglês, e quem ela era nele, parecia descartável, ao menos até que os garotos cabeludos à proa começaram a tocar "Redemption song". Uma garota com um colar de contas coloridas brilhantes começou a cantar. Pouco depois, um grupo de pessoas se juntou entoando "No woman, no cry" em altura e afinação impossíveis de ignorar.

Emma se virou para compartilhar seu desconforto com Marcus, mas os olhos dele estavam fechados. Ao longo da grande plataforma da balsa as pessoas deitavam-se nos colos umas das outras. A chuva caía com mais intensidade agora e Marcus se esticou no banco de tal maneira que a cabeça dele estava quase roçando seu joelho descoberto.

Ela tentou se afastar para uma distância mais apropriada e Marcus se esticou novamente, se aproximando dela enquanto dormia, ou talvez fosse de propósito mesmo.

O que ela sabia era que nenhuma corrida de dez quilômetros ao lado de Miles a levaria até uma balsa numa névoa como aquela. O pensamento chegou no mesmo momento em que Marcus esticou a cabeça para trás, sua boca inteira e suave tão perto que foi possível sentir a respiração dele contra suas coxas. Quando então alguma coisa brilhou com intensidade à sua esquerda e ela pensou, Raio.

Bom dia, Brasil!
Aqui na Rádio Globo vamos dar as boas-vindas à manhã com algumas notícias amorosas. O mais novo queridinho do Rio de Janeiro, Marcus Yagoda, foi visto, meus amigos, nos braços da tradutora de sua mãe. A escritora ainda desaparecida também já foi um dia um estouro e nós temos as fotos para provar, tudo lá no globo.com.
Por que seu filho foi visto na balsa partindo para o feriado em Ilha Grande em vez de estar procurando pela mãe nas árvores de sua própria cidade? Bem, isso nós não sabemos. Mas desejemos a ele tudo do melhor, meus amigos. É um filho navegando novas e estranhas águas, o que nos parece um dos melhores motivos para se apaixonar.

Raquel abriu novamente o jornal na coluna social. Saíra cedo de casa para comprar pão fresco, mas agora tinha perdido a fome. Na fotografia, o céu cinza e chuvoso sobre a balsa fazia seu irmão e Emma parecerem refugiados de uma guerra civil, atravessando a tormenta apaixonados.

Raquel mandou mais de dez mensagens de texto para Marcus, mesmo sabendo ser improvável que já estivesse acordado. Com toda a atenção que sua mãe vinha recebendo da mídia, devia ter imaginado que podia haver um jornalista na balsa e que deitar no colo de Emma daquela maneira terminaria numa manchete assim: *Autora sul-africana ainda desaparecida, filho descansa na tradutora.*

Tinha visto mulheres o suficiente admirando o rosto do irmão para saber o que aconteceria em seguida. Pela manhã os dois estariam procurando mais a lingerie de Emma, emaranhada nos lençóis da cama, do que vasculhando a ilha atrás da mãe. Não haveriam de encontrar a mãe ali mas, de qualquer modo, aquele era o motivo pelo qual tinham abandonado Raquel, apavorada com os cheques devolvidos e o saldo da conta bancária afundando no vermelho. O rombo era muito superior a qualquer quantia que já haviam solicitado às tias de São Paulo e Raquel não suportaria ligar e ouvir o que diriam a respeito.

Naquela manhã, antes de o jornal ser entregue, ela entrou nas contas virtuais de pôquer da mãe. Não demorou muito até descobrir as senhas. Beatriz usava para tudo a mesma combinação de datas de nascimento. A quantia que sua mãe tinha apostado e perdido era impressionante. Aquilo estava acontecendo havia mais de dois anos e a maior parte das perdas estava sob o codinome "O Sapateiro", a profissão que seu avô materno assumiu quando ficou sem o dinheiro que trouxera de Joanesburgo na mudança para o Brasil. Raquel ainda se lembrava de ficar sentada na oficina do avô, observando-o olhar perplexamente para as próprias ferramentas de trabalho. Ele tinha sido advogado na África do Sul, mas seu pouco conhecimento de português tornara a prática da profissão impossível no Brasil.

Agora a filha desse imigrante tinha se metido numa situação ainda mais improvável. Raquel sentiu um arrepio ao remontar o tamanho das perdas nas contas da mãe. Devia ter se precipitado e telefonado para Thiago ontem mesmo. Agora era sábado e não podia mais ligar. Ele estaria com a mulher e os filhos. Raquel seguira Thiago na PetroXM, imaginando que acabariam tendo um caso, mas ele parecia decente demais para isso, ou talvez temesse que ela fosse o tipo de mulher que o pressionaria a largar a família, no que estaria certo. Ela o faria.

Quis que ele estivesse ali agora, tomando uma cerveja gelada ao lado dela, soltando piadas vulgares sobre os conhecimentos de pôquer da mãe, piadas tão sujas que a fariam rir, apesar de tudo. Até mesmo Thiago saberia parar quando a quantia perdida no jogo tivesse passado de meio milhão, mas sua mãe, não. Em pânico, ou ludibriada por Flamenguinho a recuperar o investimento oferecido por ele, a mãe continuou jogando como se o jogo virtual não fosse nada além de uma história que tivesse inventado, como se fosse ainda uma criança e não soubesse a diferença, ainda uma filha que inventava histórias de fantasmas para o pai enquanto ele consertava os sapatos de estranhos.

O pensamento encheu Raquel de ressentimento e saudades. Era como estar sentada no carro quente mais uma vez, esperando a mãe retornar. Uma vez a espera tinha sido perigosamente longa. A temperatura interna do carro subira tanto que ela ficou tonta, o assento queimando sua pele. Os olhos ficando cada vez mais secos, os pensamentos se confundindo na cabeça. Quando sua mãe voltou correndo para o carro, suada e mal-humorada, pedindo desculpas, Raquel imaginou que tivesse se perdido. Beatriz não se explicou, e Raquel ficou com medo de perguntar.

Marcus saltou da mesa. Era ela, ele disse. Aquela era minha mãe. Certeza.

A chuva explodia do lado de fora do restaurante como se alguém esmigalhasse jarros de água sobre eles. Mesmo assim Marcus correu atrás da mulher e Emma se viu obrigada a segui-lo. Nas duas primeiras vezes que achou ter visto a mãe na ilha, eram apenas turistas alemãs. Agora, dobrando a esquina, Marcus e Emma assustavam uma australiana baixinha e sardenta.

Me desculpa, disse Marcus quando voltaram para a mesa com água da chuva escorrendo pela testa e caindo sobre os olhos.

Tudo bem. É difícil de enxergar nessa chuva. Emma tentou inutilmente enxugar o rosto com o guardanapo de papel. Como os guardanapos dos restaurantes baratos do Brasil, esses eram quase impermeáveis e davam a sensação de limpar o rosto com um saco de lixo. Já não tinha mais energia para seguir estranhos na chuva. Se Beatriz estava naquela ilha, teria que ser do outro lado, onde estavam as ruínas da prisão, para onde nenhum barqueiro os levaria até que a tempestade tivesse passado.

Estou ficando com frio, ela disse a Marcus. Você não quer vestir uma roupa seca?

Eu não ligo. Vai você na frente. Vou continuar procurando.

Ela assentiu, espantando os mosquitos que devoravam suas canelas. Esperava conseguir uma trégua no quarto do hotel, mas os mosquitos também estavam lá, entrando pelos buracos nas telas das janelas e por entre as tábuas do assoalho. O único lugar de refúgio era debaixo do mosquiteiro encardido estendido sobre a cama. Presa ali dentro, arranhando as picadas, Emma abriu os livros que tinha trazido, mas a coceira intensa não ajudava a se concentrar na leitura.

Pegou então seu caderno. A cena do tribunal que tinha imaginado no banheiro de Beatriz insistia em reaparecer. A cada vez, sua mente mergulhava mais fundo e as imagens não saíam da sua cabeça até que as tivesse escrito. Não sabia se estava fazendo papel de palhaça levando a cena tão a sério a ponto de escrevê-la, mas o que tinha a perder àquela altura? Já estava tão humilhada por ter insistido naquela viagem para a Ilha Grande com tanta confiança a ponto de levar o filho de sua autora a acreditar que encontrar a mãe era apenas questão de correr sem parar debaixo de chuva.

Encurvada sob o mosquiteiro, Emma destampou a caneta. No telhado do tribunal, bem acima da cabeça desfocada da tradutora, certamente haveria um buraco. Por dois mil anos, onde quer que tivesse chovido no mundo, a água caíra sobre a tradutora. E se tivesse nevado, certamente o júri teria acusado a tradutora de esconder-se sob a neve.

Emma estava para começar uma nova página quando escutou o arrastar de sandálias no corredor. Você deixou os tênis aqui fora, disse Marcus do outro lado da porta.

Eu sei. Estavam muito molhados para trazer para o quarto.

Bem, agora tem poças d'água dentro deles. E alguns girinos nadando. Posso pendurar os tênis para você.

Emma abriu a porta e Marcus levantou os tênis, tão encharcados que pareciam trapos na mão dele.

Pendurei os meus no parapeito da janela acima da privada, disse Marcus, e ela deu passagem para que pudesse levar os tênis empoçados até o banheiro. Ele os inclinou sobre o parapeito acima do vaso sanitário, amarrando os cadarços na cortina da janela. Viu? Assim não caem na privada, ele disse e apontou para a cama, olhando para fora do banheiro. Ela deu um passo para trás. Agora perguntaria se ela não gostaria de transar com ele. Sugeriria a ideia tão casualmente como se estivesse falando de um jogo de damas.

Mas não, ele apenas apontou para o caderno aberto sobre a cama. Então você escreve também.

Ah, não, eu não escrevo. Ela recuou. Estava apenas, quer dizer, eu estava anotando algumas coisas.

Para: eneufeld@pitt.edu
Assunto: viva?

Emma, por favor, responde agora, vai. Desculpa se eu fui grosso quando a gente estava no carro, mas é que você não me falou nada antes de comprar a passagem. Não consigo parar de checar o e-mail e os gatos ficam miando para você na porta do banheiro. Eles acham que você está escondida lá, lendo.

Mais anotações?

Marcus apareceu atrás dela no balcão pela manhã vestindo calções laranjas, a cintura tão baixa que era possível ver onde os músculos do abdômen deslizavam para virilha.

Ah, sim, mais anotações entediantes de uma tradutora. Emma fechou o caderno. Arrancadas das árvores pelos ventos noturnos, havia dúzias de jacas espatifadas pelo chão, as polpas açucarando o ar. Se eram elas ou o se era o cachorro sarnento e molhado atrás do balcão que a fazia espirrar, Emma não sabia.

Não sei mais quantos dias eu aguento esperar essa chuva passar, ela disse, e assoou o nariz novamente.

Talvez a gente deva ir de qualquer jeito. Ele passou a edição do dia anterior do *Globo*, dobrada na página da coluna social. Emma reconheceu imediatamente a balsa na foto e o espraiar silfídico de pernas e braços do homem ao seu lado na imagem. Mas o que era aquele olhar na cara dela?

Alguém que não a conhecesse bem diria que era um olhar de desejo — o que um homem nega, até não poder mais. Beatriz tinha escrito esta linha no final do seu conto "Santiago Martins".

O que ela tinha escrito, de verdade, era o que um homem nega, até não querer mais.

Emma achou que *can't* fazia muito mais sentido do que *won't* na tentativa de traduzir o peso e o espírito do português brasileiro. Enquanto tremia à frente de sua escrivaninha em Pittsburgh, o inverno se infiltrando pelas janelas e Miles roncando no quarto ao lado, a escolha parecia indiscutível. O desejo de Santiago tinha que ser imperativo, ter o peso das coisas inelutáveis.

    Ao menos em inglês.

Roberto Rocha olhou a lata de azeitonas sobre a mesa. Era a segunda entrega de condimentos que ele recebia do supermercado do outro lado da rua. Mais um jovem romancista bajulador tinha aparecido para oferecer um original que o próprio escritor tinha lido por inteiro apenas uma única vez. Rocha respondeu que se ele dedicasse à revisão do livro o mesmo tempo que gastava fantasiando sobre as chances do livro ser adaptado para o cinema, talvez sua editora tivesse chegado perto de fechar no azul em algum momento nos últimos sete anos.

Conversas como aquela o deixavam cada vez mais mortificado. Não queria outra remessa de azeitonas enlatadas. Queria que alguém aparecesse com um manuscrito tão original que fizesse sua temperatura ferver. Um autor cujas sentenças fossem tão sublimes que ardessem na sua cabeça, que disparassem imagens tão precisas e verdadeiras que ele fosse obrigado a responder com cada átomo de seu corpo. Continuar publicando livros que não diziam nada faziam dele uma fraude. Um homem mais corajoso já teria desistido e deixado a editorar falir.

Desculpa, Roberto... Flávia colocou a cabeça para dentro da sala, os óculos de aros pretos caídos sobre o nariz. A Editora Record acabou de ligar. Eles querem saber se a gente vai reeditar os dois primeiros livros de Beatriz Yagoda, e disseram que se não formos, eles querem comprar os direitos. Não vão conseguir colocar o último livro dela nas lojas tão cedo.

Porque a pobre mulher desapareceu em uma árvore?

E tem também a foto do filho.

Aquele é um Adônis, não é mesmo?

Rocha soubera que Marcus seria lindíssimo. Beatriz também, mas era muito modesta para pensar uma coisa dessas a respeito do próprio filho. Ela falava com modéstia igual sobre sua escrita, e nunca com o ar de falsidade que tantos jovens escritores cultivavam hoje em dia. Com Beatriz, a modéstia não era uma atuação. Era inata, pura graça.

Diga à Record que eles não vão ter os direitos, não, disse Rocha. Na verdade, diga que na próxima sexta-feira nós mesmos é que vamos publicar os livros.

Próxima sexta? Flávia arregalou os olhos por detrás das lentes, mas Rocha não prestou atenção. Estava já pensando na melhor ideia para a capa. Precisaria de algo elegante e delicioso — a imagem de talheres, talvez de prata. Se pagasse um extra para Eduardo, poderiam manter a gráfica trabalhando também no fim de semana e durante as noites. Poderiam contratar as vans para distribuir as primeiras cópias a algumas livrarias importantes, fazer algum barulho. Anos atrás ele considerou reeditar os primeiros romances de Beatriz que publicara, mas temia que a atitude o fizesse parecer desesperado — como se quisesse lembrar o meio editorial o quão relevante ele tinha sido — e então o último livro dela vendeu tão pouco. Beatriz não era mais visível, pelo menos não até ter desaparecido.

Veja se o Eduardo pode me encontrar esta tarde, disse Rocha. Não, revisa. Diga que eu vou estar no escritório dele hoje às 15h. Temos que correr com esse livro. Depois que o Comando Vermelho sequestrar o próximo banqueiro, a imprensa toda vai mudar de assunto.

Também tem isso. Flávia entregou-lhe um envelope pequeno. Você disse que queria ver toda correspondência pessoal assim que chegasse.

Rocha rasgou o papel com um puxão, as mãos carnudas movendo-se com uma ferocidade nova. Dobrado dentro do envelope havia um cardápio de serviço de quarto de um hotel de Salvador. No pé da página alguém tinha escrito uma única frase — *Se você não puder, eu entendo* —, e assinado logo abaixo S. Martins.

Eduardo às 15h, por favor, disse Rocha. E Flávia, querida, por que você não leva essas azeitonas?

Se ela levou ou não, ele não percebeu. "Santiago Martins" tinha tirado seu sono. Tão comovedoramente brasileiro: um travesti convencido de que o único motivo pelo qual vestia roupas femininas era para melhor se esconder da polícia. Beatriz tinha cuidado dos detalhes com vivacidade inimitável: o desapontamento de Santiago com os pelos das costas presos no zíper do vestido, a maneira confiante como remexia a colher no seu carrinho de comida enquanto enchia as cumbucas de moqueca de camarão para turistas bem apessoados, seus gestos tão femininos quanto os de qualquer baiana com seu vestido branco engomado, ao longo do calçadão.

Muitos anos depois de a polícia ter esquecido seus crimes, lá estava Santiago Martins — ainda passando a ferro, à noite, o vestido branco engomado, ainda fofocando, pelas manhãs, com as outras mulheres quando compravam óleo de dendê e camarão seco e previam como o sol logo mais iria torrar brutalmente ao meio-dia.

E, uma noite, ali estava Santiago comprando uma camisola para a mãe. Santiago vestindo a camisola no segredo de seu quarto. Santiago sentindo o cetim escorrendo como leite fresco nas suas costas. Desejo, tinha escrito Beatriz, é o que um homem nega até não poder mais. Rocha a tinha convencido a mudar o verbo para "querer". Pensava que era mais sutil, com mais nuance. Beatriz não concordou, mas deixou que ele fizesse a alteração. Sabia que ele gostara do conto, mas estava inseguro de publicá-lo. Naquela época, Rocha era o único editor gay assumido do Brasil.

Relembrando agora o incidente, buscou a carteira. Com que frequência temos a chance de reescrever as hesitações do passado? Editaria o livro com a escolha original de Beatriz e o publicaria o mais rápido possível. Seus últimos livros não obtiveram aclamação tão estrondosa quanto os dois primeiros que ele publicara. Com a reimpressão, colocaria aqueles primeiros livros no mapa, de uma vez por todas. Ele os colocaria à mostra nas vitrines da Livraria Cultura no Rio e em São Paulo.

Primeiro, é claro, teria que ligar para o hotel de Salvador que aparecia no cardápio do serviço de quarto e teria que pagar para que S. Martins pudesse estender sua estadia por mais dez dias. Uma vez arranjado isso, terminaria a capa e faria as ligações necessárias para as revistas. Ele relembraria ao país de que tinha sido a Editora Alpha que lançara dois dos mais surpreendentes livros de ficção dos últimos trinta anos. Depois, com dignidade, com elegância, ele deixaria quem quer que ainda lesse literatura no Rio de Janeiro vir até seu escritório e esvaziar seu estoque de livros, e ponto final.

Pôs o chapéu na cabeça e apagou as luzes.

Raquel era a única pessoa no andar quando seguiu para os elevadores. Thiago tinha saído horas antes para encontrar a família. Disse a ela que poderiam tratar da proposta de acordo com os grevistas da mina de potássio pela manhã. Ela continuou no escritório mesmo assim. Enquanto estivesse lá podia esquecer da mãe desaparecida, nem que fosse por cinco, sete minutos seguidos.

Nas noites de segunda-feira elas geralmente se encontravam no restaurante por quilo a algumas quadras do apartamento da mãe. Comendo bolinhos de bacalhau e aspargos marinados, Raquel descarregaria a última reclamação contra a imprensa pelo exagero com que tratavam qualquer incidente na mineradora.

Por fim, perguntaria pelo dia da mãe, que responderia falando sobre seus pés de caqui na varanda, sorriria timidamente, e então morderia a ponta de um dos caules de aspargo.

Ainda que a mãe tivesse dado respostas evasivas como essa por anos, elas ainda faziam Raquel se sentir desconfortável e insegura. Para evitar o nervosismo, começara a evitar qualquer pergunta direta sobre a escrita da mãe. Galinhas põem ovos. Vacas e cabras produzem leite. A cada seis ou sete anos sua mãe terminava um livro. De todas as questões pouco confiáveis relacionadas à mãe, aquele padrão tinha se mantido. Era tão verdadeiro à natureza misteriosa da mãe como era a uma palmeira produzir cocos.

Mesmo que nunca os tivesse lido, Raquel gostava dos livros da mãe pela certeza de suas chegadas, por provarem que era uma pessoa funcional. Apesar da suposta obscuridade que alarmava os leitores de seus livros, pessoalmente a mãe exercia um efeito tranquilizador. Seus amigos escritores achavam que era por admiração que a visitavam, mas Raquel tinha certeza de que se aproximavam muito mais pelo modo atencioso com que a mãe os escutava e a suas ideias pretensiosas. Parada do lado de fora das portas giratórias da Petro-XM, Raquel acreditou que a mãe voltaria calada, sem respostas ou pedidos de desculpas, mas voltaria.

Animada pelo pensamento, Raquel chamou um táxi para Copacabana. Não havia motivo para deixar de ir ao restaurante por quilo barato, próximo ao apartamento da mãe, e quem sabe o que encontraria? Talvez sua mãe estivesse sentada na mesa de sempre, esperando que a filha a encontrasse lá. Raquel se sentiu tão aliviada com a fantasia que até abriu a janela do táxi para receber a brisa do mar. Podia sentir o gosto do oceano pela maneira como ventava naquela noite, limpando o cheiro que Thiago gostava de chamar de fedor carioca de bunda suada.

Na esquina anterior ao restaurante, ela desceu do táxi e pensou em uma mensagem de texto que pudesse enviar a Thiago a respeito da greve e que não desse para esperar até o dia seguinte. Estava martelando as palavras no celular quando alguma coisa a agarrou pelo pescoço e a arrastou para uma passagem recuada na calçada. Era o braço de um homem, fechando-se ao redor de sua garganta tão depressa que ela não teve tempo de gritar. Num instante ele já estava colado ao seu corpo, o rosto dela contra a parede, a ponta de uma arma pressionando suas costas.

Tu tem que falar pro teu irmão e aquela tradutora pararem de foder por aí e conseguirem logo o dinheiro, tá me ouvindo? Ele disse às costas dela, respirando em suas orelhas.

Raquel tentou dizer que sim, mas o braço do homem ainda apertava sua garganta.

Eu disse, tá me ouvindo? O homem repetiu e então a ponta da arma não estava mais contra suas costas e ela ouviu o clique de um canivete se abrindo e outra mão apareceu, aproximando a lâmina de seu pescoço. Arranja o dinheiro, ele disse, ou um de vocês já era, filhinha. Vão matar vocês. O recado é um favor, beleza? Tá ouvindo o que eu tô dizendo?

A alguns metros dali ela ouviu pessoas caminhando, uma delas rindo. Se gritasse, provavelmente a ouviriam, mas talvez aumentasse a chance de o homem se assustar e cortar sua garganta. Ou talvez ninguém viesse atrás dela. Não em uma rua lateral pouco movimentada de Copacabana, não às dez da noite.

Então, tão repentinamente quanto a tinha agarrado pelo pescoço, o homem a soltou. Desapareceu. Por um instante, Raquel ficou imóvel, esperando por mais alguma coisa, por algo pior. Alguém tinha mijado recentemente nos pedaços de papelão sob seus pés e a passagem cheirava terrivelmente mal. Não tinha sentido o cheiro até que o homem a soltou, mas não sabia se já podia sair dali. E se ele ainda estivesse por perto, esperando para ver aonde ela ia ou para quem iria ligar? Ela viu a mãe sendo arrastada para uma passagem como aquela, cheia de lixo e fedendo a mijo, imaginou por quanto tempo teria permanecido ali, tremendo.

Àquele pensamento, Raquel se forçou a voltar para a calçada. Um homem passou de bicicleta e ela gritou de susto. Do Cantagalo vieram os sons de uma metralhadora. Por um segundo, a fileira de postes de iluminação que percorria a favela brilhou mais forte. E então sumiu no breu.

Durante todo o caminho até o apartamento da sua mãe, Raquel sentiu como se houvesse alguém à sua espreita. Ele estava atrás do ônibus ou fingia ler as manchetes na banca de jornais. Era o jovem que se aproximava de camiseta regata azul ou o velho, de terno barato, discutindo ao telefone.

Cruzou mais uma quadra sem que ninguém saltasse sobre ela.

E então mais uma.

Em cinco minutos ela conseguiria passar a tranca na porta e devorar tigelas de cereal na cozinha da mãe. Se ninguém a agarrasse antes disso, se não tivesse um ataque de pânico, passaria a noite no seu antigo quarto. Já tinha passado a Belíssima e o Banco do Brasil. A cada edifício, diminuía o número de homens que pareciam estar atrás do seu pescoço. Comprou um par de sapatos vermelhos de salto alto na promoção da Lulu e, na vitrine seguinte, na Saraiva, de repente apareceu o rosto da mãe, estourado num pôster grande como um para-brisas, os olhos verdes inquietos aumentados ao tamanho de faróis.

Ao lado do rosto da mãe, uma imagem igualmente gigante da capa do último livro: um sanduíche recheado de miniaturas de pessoas escorrendo pelas bordas como larvas. Raquel tinha dito à mãe que a capa era muito perturbadora, que os leitores não escolheriam o livro, e ela estava certa. Tinha sido o livro menos popular da mãe em anos.

Se bem que agora, do outro lado da vitrine, uma mulher com um vestido arejado de lycra pegava uma cópia nas mãos e um homem de bigode e rosto queixudo esperava atrás dela para fazer o mesmo. Enquanto tiravam um exemplar da pilha de livros na prateleira, Raquel viu o rosto da mãe mais uma vez, menor, na quarta capa de cada cópia, e lembrou da visita que lhe fizera havia poucas semanas e da atadura no pescoço. Quando é que aquilo tinha acontecido? Sua mãe disse que tinha sido apenas um corte, que a crista de galinha do seu pescoço velho tinha se enroscado no zíper. Mas talvez tenha sido a faca de um dos homens de Flamenguinho. Talvez ele a tivesse marcado como um aviso, ou talvez tivesse sido a segunda vez que sua mãe era agarrada e arrastada nas ruas e a mensagem fosse, Dessa vez eu vou furar o teu pescoço. De agora em diante, pra te deixar viver, só sangrando.

Beatriz tampouco estava do outro lado da ilha. Emma se deu conta disso assim que o barco embicou para o porto. Havia apenas uma rua deserta com poucas construções cobertas com telhados metálicos. Numa delas uma placa informava tratar-se de um restaurante, mas havia apenas uma mesa onde duas galinhas descansavam empoleiradas. Quanto à prisão, uma trilha dentro da mata levou Marcus e Emma por um labirinto de ruínas cobertas de musgos. O mais próximo que encontraram da orquestra de animais de Beatriz foi um bando de morcegos dentados trissando de ponta-cabeça sob uma arcada.

Me desculpe, disse Emma, parando na sombra de uma goiabeira para enxugar o rosto. Não estava claro, online, que todos os hotéis ficavam do outro lado da ilha, ela disse. Mas mesmo assim eu não deveria ter arrastado você até aqui e arranjado problema com a sua irmã.

Você não me arrastou. Marcus encolheu os ombros. Eu sabia que era pouco provável encontrar minha mãe aqui, mas, onde quer que ela esteja, será num lugar igualmente improvável. Raquel sabe que o único jeito de achar nossa mãe é sendo um pouco impulsivo.

Marcus agarrou uma goiaba da árvore. Esfregando a casca, contou a Emma que uma vez, quando ele estava no ensino médio, sua mãe parou de cozinhar e de comprar comida. Em uma de suas idas ao supermercado com a irmã, depois de semanas naquela situação, Raquel gritava que a mãe era fraca e egoísta e então se voltou abruptamente para Marcus e disse, Camarão. Ele entrou no mercado atrás de camarão, imaginando que a irmã tentaria fazer a receita de vatapá da mãe. Quando voltaram para casa, encontraram a mãe moendo amendoim para o molho, uma lata de leite de coco aberta sobre a pia.

Nenhum de nós tinha ligado para avisar a mãe do camarão, Marcus disse a Emma. Mas você já deve saber isso da minha mãe, né? Tem que ter paciência com ela, mas também confiar em seus instintos, não?

Emma estava prestes a concordar quando Marcus de repente tirou a camiseta suada. Ela procurou olhar educadamente para o outro lado. Quando Marcus passou a camiseta sobre o peito e tirou o suor das costas, seus esforços de recato tinham desaparecido por completo. A parte da frente do seu top também estava encharcada. Mesmo na sombra, o calor era tão intenso que parecia emanar das pedras.

Imagino, ela disse, que é por isso que chamam esse lugar de Caldeirão do Diabo.

Ah, aposto que eles têm nomes muito piores do que esse. Marcus riu e se agachou para ver as marcas que alguém tinha riscado em uma das pedras da prisão. Esse cara deve ter sido um comunista, ou talvez assassino.

Ao som da palavra "assassino", os dois se calaram. A imagem da arma despontando da jaqueta de Flamenguinho ressurgiu na mente de Emma, como deve ter sido a intenção do agiota. E ali estava ela, gastando dois dias por causa de uma ideia repentina que a tinha feito se sentir muito esperta dentro do avião.

Quando chegaram ao restaurante vazio, Marcus disse que estava tão faminto que não queria esperar até voltar para o outro lado da ilha e comer — pela inutilidade daquela viagem, Emma se sentiu envergonhada demais para discordar. Dentro do restaurante, as galinhas ciscavam o chão em torno da mesa e havia agora um porco branco enorme deitado ao lado do caixa.

Emma estava prestes a dizer que parecia não haver ninguém trabalhando naquele dia e que teriam que esperar de qualquer maneira quando uma garotinha surgiu da cozinha balançando uma boneca de plástico que segurava pelos cabelos. Marcus perguntou à garota se ela ou a boneca sabiam alguma coisa sobre almoço.

A garota falou que a mãe tinha um peixe cozinhando na panela e Marcus disse, Que delícia, eles queriam dois pratos. Dado o padrão de higiene do local, Emma estava prestes a dizer que o segundo prato não seria necessário quando a garotinha de repente se virou e desapareceu dentro da cozinha. Marcus, ainda sem camiseta, falou que iria ver o barqueiro que os esperava no porto para levá-los de volta ao outro lado da ilha. Sozinha na mesa bamba, Emma procurou não pensar no quão faminta estava agora. Uma das galinhas bicou sua sandália — ela chutou o bicho e se sentiu culpada.

Desejou que tivesse trazido alguma coisa com palavras, até mesmo uma revista velha, do hotel. Junto da água e do protetor solar, tudo o que tinha em sua bolsa era o caderno.

Então ela o abriu.

Em: *preposição*. Empregada para indicar inclusão em um espaço físico ou em algo abstrato ou imaterial: *em pânico*, por exemplo, ou *em uma fantasia que se passa enquanto ela espera sentada ao lado de um porco dormindo e um par de galinhas, e uma delas acaba de fazer titica no chão*.

O caldo de peixe. Emma sentiu a comida subindo pela garganta assim que a balsa começou a se mover. Numa golfada, ela devolveu o peixe ao mar.

Ai, Emma! Marcus agarrou seu braço para que ela pudesse se debruçar sobre a grade. Você tem que beber água. Vem comigo. Levou-a até as escadas do bar, mas Emma estava mareada demais para subir.

Vou esperar aqui, ela disse, caindo sobre uma pilha de botes de emergência. No caminho até a ilha, não tinha reparado que a balsa balançava tanto assim, mas agora sentia cada subida e cada descida. Era possível, reconheceu em seu estado de náusea, que ela não tivesse mesmo nada a oferecer na procura por sua autora. Para evitar mais aborrecimentos, devia comprar uma passagem aérea de volta para casa no dia seguinte. Ia ligar para Miles e pedir desculpas por não responder aos e-mails. Tinham vivido juntos por tanto tempo, sabiam qual xícara o outro preferia para o café ou para o chá. Não havia por que não acompanhá-lo nas visitas aos bufês e escolher uma data para o casamento.

Na horizontal sobre os botes de emergência, os olhos fechados, ela estava quase convencida disso. Podia agradecer a Miles por ser tão estável. Teriam prazer com exercícios e reciclagem.

E então Marcus voltou, aproximando-se dela com uma garrafa de água ainda respingando o gelo de onde tinha sido tirada. Ele perguntou se deveria deixá-la sozinha para descansar um pouco e ela sabia que a resposta apropriada seria sim. Mas alcançar o punho dele era uma questão de milímetros e ali estavam os dedos dela, já subindo pelo braço dele. Beijar o filho de sua autora apenas uma vez, sobre uma pilha de botes de emergência, não precisaria significar nada.

A menos que fizesse isso mais uma vez.

E então mais uma vez na última fila do ônibus na volta para o Rio.

E no táxi de volta para casa, na breve escuridão do túnel de Copacabana.

Isso vai ter que parar, ela disse.

Quanto a Marcus, ele deixou sua mão esquerda exatamente onde estava, entre as pernas dela.

Entre: *preposição*. **1**. Pela ação comum de <*entre os dois*>, mas também para designar uma diferença, uma distância <*entre uma autora e seu filho*>. **2**. Empregada para indicar um intervalo <*entre um breve túnel no Rio e a distante Pittsburgh de seus gatos*>.

Às quatro da manhã, Raquel parou de ler. Avançou duzentas páginas no que era, ou não era, o romance em que sua mãe vinha trabalhando quando encenou o desaparecimento na árvore. Até aquela noite, Raquel usara o computador apenas para entrar nas contas virtuais de pôquer da mãe. Tinha deixado os documentos do Word fechados, mas aquilo foi antes de ter sido arrastada, quase estrangulada em uma viela. Estava tão cansada que precisava ler a mesma frase três vezes, mas sabia que não conseguiria dormir até que chegasse ao fim. O romance era ambientado nos anos 1970, as páginas alternando-se repetidamente entre as mesmas duas cenas. A cada vez, a cena se desenvolvia em longas sentenças de números e letras como se a mãe tivesse perdido o controle das mãos, as páginas recheadas com 3rT)_4tg09NGJO P!@)%$*PGM:-t-gtkltpjhhjIasd920-4tiu34-tu3y5-2y-u9jg-dfpgj e assim por diante.

Era o trabalho de alguém em frangalhos, uma pessoa assustada demais com os próprios pensamentos a ponto de digitar tanto *nonsense*. As duas cenas eram sobre uma mulher que se formava na universidade, no Rio, no começo dos anos 70, como tinha sido com sua mãe. A primeira se passava no Cine Paissandu, a sala onde a classe artística se reunia e se consolava durante a ditadura. A cada versão da cena, algo saía errado com o filme: o projetor quebrava ou o sistema de som começava a falhar. Enquanto a plateia esperava pelo conserto do problema, a mulher saía e entrava no beco atrás do cinema para um cigarro. Os outros fumantes voltavam para a sala, mas ela estava muito agitada para se juntar a eles. Ela se sentava nos degraus de uma escada no beco para outro cigarro, imaginando estar sozinha.

Mas não estava. Havia uma sombra, que se aproximava e...

A frase se interrompia, inacabada. Depois de uma quebra de página, a mesma cena começava de novo com a mesma mulher sozinha no mesmo beco. Às vezes demorava sete páginas até chegar ao momento da sombra, noutra vez apenas um parágrafo, mas sempre que a sombra estava prestes a aparecer junto à mulher, as palavras de sua mãe se interrompiam.

A cada versão, as coisas começavam do mesmo jeito, exceto que a mulher entrava no beco usando um vestido de linho azul no lugar de um de algodão. Ou ela estava de saia. Ou deixava o cigarro na mão esquerda em vez de na direita. Como se fosse apenas uma questão de chegar à vestimenta ou disposição do cigarro corretas para alterar o que aconteceria na sequência.

Mas a sombra se aproximava mesmo assim, e as descrições dolorosamente precisas das roupas da mulher seguiam do mesmo modo, até o detalhe dos botões metálicos quadrados na blusa ou ao nome da empregada doméstica que tinha passado a camisa a ferro para ela naquela manhã, e então a sombra aparecia, colocando a mão sobre sua boca, e o trecho se perdia mais uma vez, inacabado.

A página seguinte poderia ser uma nova versão da cena ou outra completamente diferente, passada em Salvador, no que parecia ser a mesma mulher, mas casada, e com uma criança de férias. Os três estavam sentados em um restaurante lotado, à beira-mar. A cada versão da segunda história, o pai batia a mão na mesa do restaurante e pedia à mulher que olhasse para ele e parasse de devanear. Ele a ridicularizava por escolher um restaurante com porções tão pequenas e serviço tão ruim — o tipo de comentário que o pai de Raquel fazia nos restaurantes.

Isso se aquele homem fosse mesmo seu pai. Especialmente depois que ele morreu, as pessoas começaram a dizer que ela se parecia muito pouco com ele. Claro que diziam o mesmo a respeito da mãe. Então com quem é que você se parece? Era o que amigos dos pais perguntavam, quando ela aparecia ao lado da mãe e do irmão. Raquel sempre achou curioso que sua mãe tivesse se casado tão rápido com o pai depois que se conheceram, e que tivesse adotado seu sobrenome. Talvez para acabar com as dúvidas a respeito da paternidade da filha.

Ou talvez o romance não acabado fosse ficção e a semelhança com a família estivesse apenas nos detalhes. Pelo que Raquel sabia, os manuscritos da mãe sempre sofriam da mesma maneira em passagens difíceis, até que ela encontrasse uma saída. Na cena do restaurante, quando parecia que a mulher e o marido começariam a discutir, a mulher escaparia para descrições surreais do peixe em seu prato, que piscava para ela com o olhar oleoso, ou do homem sentado na mesa vizinha lendo um jornal de papel amarelado de setenta e três anos atrás. Ou sua mãe apenas escreveria CONFERIR ISTO, como se a data do jornal ou o tipo de peixe que do prato encarava a mulher fossem de extrema importância.

Raquel levou as mãos à cabeça. Sempre soube que ler a ficção de sua mãe teria efeito devastador, ou alienante, ou ambos. O que precisava agora era deitar e descansar. Quanto mais lia, mais as cenas se transformavam em rastros frustrantes de letras desconexas: duas palavras e então AOGFH $T)IGR... a descrição dos sapatos de um garçom e então ^OIEWQJGFLD GASDFJHEWR$TIGJG)GJGTJBHT)TH)L:O))$*()U_)ORGNGWE@)R*... e assim por diante, preenchendo as páginas onde deveria estar o restante do romance.

Raquel se perguntou qual dos amigos de sua mãe poderia confirmar a veracidade da história da sombra no beco. Talvez nenhum deles soubesse, ou talvez sua mãe tivesse revelado alguma coisa a um aspirante a escritor numa de suas crises de depressão, e esse amigo tivesse então contado a todos os outros. Talvez o desprezo que Raquel percebia que os amigos da mãe sentiam por sua falta de interesse na literatura não fosse desprezo afinal, mas um desconforto pelo que sabiam dela e que ela desconhecia. Talvez fosse pena — uma possibilidade que a fez desprezá-los ainda mais.

Mas aquela confusão de sentenças incompletas no computador da mãe não era um livro para outros leitores, ou não o era ainda. Se a cena no beco era verdadeira, pertencia a ela tanto quanto à mãe. E a ninguém mais.

Rocha pegou sua frigideira preferida e uma garrafa de seu Carménère chileno favorito, o incomparável Veramonte, que ele tinha climatizado na adega durante a noite. Longe da cozinha, Alessandro colocou uma ária de Salieri na vitrola, *Prima la musica, poi le parole*, e se esparramou no sofá com os jornais.

Ave Maria, disse Alessandro. Você viu isso? Ele passou o caderno com a coluna social para Rocha. Era outra foto do filho de Beatriz e a tradutora norte-americana na balsa de Ilha Grande, mas dessa vez a moça parecia estar vomitando agarrada às grades de proteção.

Ai, que vulgar. Rocha pegou o jornal das mãos de Alessandro para ver de perto. Era o terceiro jornal essa semana com uma história sobre Beatriz e seu desaparecimento. Sempre pensou que não havia nada melhor para a reputação de um escritor do que a morte. Ainda mais promissor do que a morte, estava parecendo, era desaparecer magnificamente.

O que lhe deu uma ideia.

A ideia, ao menos no elevador, era transar só uma vez antes de avisarem Raquel que estavam de volta ao Rio. Só uma vez, disse Emma duas vezes, apenas para tirar aquilo da cabeça. Daí a gente vai poder se concentrar em encontrar a sua mãe sem ficar se distraindo. Sexo só uma vez no apartamento abafado da mãe dele e fim de papo.

Quando abriram a porta, no entanto, o apartamento não estava nem um pouco abafado. Estava fresco, um ar-condicionado murmurando em cada cômodo, ainda que Emma tivesse certeza de tê-los desligado antes de partir para Ilha Grande.

Raquel devia ter passado por lá e esquecido de desligá-los, disse Marcus. Vem cá. Ele a puxou pelo quadril até que ela cambaleasse até ele. Se estivessem em outro lugar que não em frente às estantes de livros de sua autora, os títulos em que tinha passado os dedos ao longo de anos como pergaminhos sagrados, Emma tinha certeza de que teria tido mais autocontrole e não estaria tirando o vestido daquele jeito por cima da cabeça.

Quando Marcus deslizou sua calcinha estampada de bolinhas até os joelhos, ela murmurou algo sobre pensarem naquilo um pouco mais. Mas não queria pensar. Queria era atirar a calcinha para o ar com o dedão do pé.

Foi o que fez, e o movimento foi divino.

Agora não havia nada no caminho.

Na varanda, Raquel já estava no terceiro prato de Sucrilhos. Não havia nada além daquilo que a agradasse na geladeira da mãe, e nada que a pudesse satisfazer mais do que se lambuzar numa caixa de cereais cobertos de açúcar.

E foi com uma constelação de Sucrilhos murchos boiando numa tigela de leite que ela pisou outra vez dentro do apartamento e ouviu uma respiração ofegante. Vinha do corredor, os sons cada vez mais nítidos à medida que o ritmo se intensificava. Raquel mordeu com força a colher quando irrompeu na sala de estar, o leite transbordando da tigela.

Meu Deus, Marcus! Ela gritou, e começou a soluçar. Alguém acabara de ameaçá-la com uma faca no pescoço. Era possível que seu pai fosse um facínora medonho num beco. E lá estava seu irmão se deixando levar por uma tradutora, derrubando no chão os livros adorados da mãe deles.

Vamos todos ser mortos, seus idiotas. Vocês não percebem?

Com os olhos arregalados, Marcus parou o que estava fazendo, moveu-se para fora de Emma e virou-se, oferecendo a Raquel a visão do irmão inteiramente ereto, com um preservativo texturizado de um roxo púrpura como goma de mascar.

Caralho, Marcus, ela disse, vira esse pau pra lá. Ao lado dele, Emma, afobada, tentava enfiar o vestido por sobre a cabeça, tão desengonçada que derrubou mais alguns livros grandes do topo da estante atrás dela. Enquanto despencavam, um envelope se soltou de um deles e dançou no ar através do corredor, até deslizar para debaixo da estante oposta. Em qualquer outra semana, Raquel teria ignorada o envelope como parte da infindável bagunça da mãe e o deixado lá.

Mas agora tudo parecia repleto de presságio, e isso poderia ser a diferença entre voltar a ver sua mãe ou não.

Puxa essa estante, Marcus, vai, rápido, ela ordenou. O que está esperando?

Nu como chegou ao Hospital Geral de Bonsucesso, vinte e nove anos atrás, Marcus tentou empurrar a estante, mas os livros estavam compactados em três camadas nas prateleiras. Mesmo com a ajuda de Raquel, era muito pesada para mover.

Emma ajoelhou e começou a tirar pilhas de livros para aliviar o peso. Raquel nunca tinha se sentido menos inclinada a juntar forças com a tradutora de sua mãe, mas o fez mesmo assim, procurando mostrar como se tirava os livros com mais rapidez e eficiência, derrubando nesse processo as pilhas de livros que Emma ia amontoando.

Quando finalmente haviam retirado livros o suficiente para mover a estante, Raquel se certificou de que ela seria a primeira a pegar o envelope. Tinha o carimbo dos Correios de um ano atrás, e fora postado no Rio. Não conseguia imaginar quem, na mesma cidade, se incomodaria em mandar uma carta a sua mãe, até que retirou de dentro do envelope o cartão com a insígnia gravada. Mas é claro. Era daquele editor pretensioso que publicara os primeiros livros de sua mãe, Roberto. O cartão não continha nada além de meticulosos detalhes para um jantar festivo.

Não é nada, disse Raquel. Só o cartão afetado de um amigo acerca de uma festa. Ela jogou o envelope no cesto de lixo ao lado da TV. Sabia que Emma iria recolher o papel no cesto, mas não teria a coragem de fazê-lo até que Raquel saísse da sala. E como poderia fazer o contrário, com a calcinha

estampada de bolinhas pendurada no cabo de um guarda-
-chuva perto da porta?

Raquel cruzou os braços e olhou para os caquizeiros na varanda. Não podia fazer Emma sumir. Mas podia fazê-la esperar.

Para: eneufeld@pitt.edu
Assunto: Re: viva?

Emma, desaparecer assim é loucura. Seus pais disseram que também não sabem nada de você. A Julia do seu departamento deixou umas cem mensagens de voz dizendo que você precisa confirmar os horários de atendimento dos alunos para o próximo semestre o mais rápido possível. Desculpa se eu pirei no caminho do aeroporto mas o que você está fazendo agora é crueldade. Você precisa responder. Tenho certeza de que todo mundo na família da Beatriz deve estar agradecido por você estar aí e que você tem sido uma ajuda incrível. Apenas me diga onde é que você está.

Escondida no quarto de hóspedes, Emma curtia sua descoberta em silêncio. Tinha sido um martírio esperar até que Raquel saísse da sala, mas valeu a pena. Estava tão ansiosa para ler o cartão de Rocha que até parou de tentar ouvir o que Raquel dizia a Marcus na cozinha. Era muito difícil entender o que eles conversavam a dois cômodos de distância. Tudo o que conseguiu entender foi que Raquel iria embora pela manhã e que Marcus também queria ir, mas Raquel insistia que não, que ele se tornara muito visado depois que as fotos saíram em todas as colunas sociais. Nenhum deles tinha mencionado o fato de que Emma também aparecia nas fotos, o que era um alívio, mas também de um desdém insultante — um conflito de emoções muito comum para uma tradutora. Era uma atração curiosa, Emma descobrira, esse desassossego produzido pelo conflito. Acabava se emaranhando nele, como um fio, cada vez mais apertado, em torno de um carretel.

A certa altura, pensou ter ouvido Marcus sugerir que, se iriam procurar alguma pista nos escritos da mãe, deviam reconhecer que Emma sabia muito mais a respeito da mãe como escritora do que eles.

Ou talvez aquilo fosse justamente o que Emma gostaria de ouvir.

De qualquer maneira, o trunfo estava naquele cartão sobre o seu colo, escrito com elegância na letra formidável de Roberto Rocha. Não sabia que Beatriz mantivera contato com ele depois de ter assinado contrato com uma editora comercial portuguesa. O cartão continha apenas fofocas e uma descrição exaustiva de *hors d'oeuvre*. Mas num dos parágrafos, depois de elaboradas considerações sobre um molho de capim-limão para os espetinhos de frango, Rocha escreveu, Tudo isso é para dizer que teremos frango quando você aparecer na próxima semana, minha querida. Quanto ao telefonema, você sabe que sempre estarei aqui como um Gonzaga para você.

Emma conhecia apenas um Gonzaga na literatura brasileira. Para confirmar o palpite, ela fechou a janela do e-mail, para longe de Miles e os pedidos urgentes de Julia por seus horários de atendimento. A informação ressurgia do oceano túrbido das trivialidades do Google: 26 entradas para Antonio Gonzaga, o filho mais novo de Gonzaga, o imperador das mineradoras de Minas Gerais, mecenas de muitos escritores modernistas e da pintora cubista Vera Coutinho.

Digitou Roberto Rocha na sequência, um pressentimento faiscando dentro dela. Antes que pudesse encontrar o site da editora de Rocha, teve que rolar várias páginas sobre familiares extravagantes de Rocha — uma irmã que tinha comprado um vestido de noiva italiano de 50 mil dólares e um irmão que só viajava de helicóptero e dava festas de arromba em seu iate de três andares. Depois de todo o esplendor dos irmãos e irmãs de Rocha, o site da editora parecia não apenas desatualizado, mas primitivo. Mostrava somente uma lista de títulos. Não havia fotos dos autores, nem links nem comentários. A única imagem da página era a fachada do prédio colonial da rua Francisco Sá que abrigava a editora, uma fotografia que parecia dizer, Estamos acima de links e websites. Veja só o que temos.

Se no passado Beatriz tivesse pedido que Rocha fosse o seu Gonzaga, era difícil de imaginar que não o procurasse agora para pedir dinheiro. Raquel tinha dito que todas as contas bancárias da mãe estavam no vermelho. Qualquer dinheiro que Beatriz tivesse levado consigo para aquela amendoeira acabaria em breve. Quer dizer, isso se ela já não tivesse procurado seu Gonzaga.

Emma ergueu-se da cama para compartilhar a ideia com Marcus e Raquel, mas parou na porta. Seria melhor contar a Marcus mais tarde, quando ele estivesse sozinho. Ou, talvez melhor, apenas ir e não dizer nada, caso estivesse completamente errada de novo. Não queria desviá-los do caminho uma segunda vez ou repetir a humilhação. Podia manter-se firme na ideia de partir para Pittsburgh pela manhã. Mas não agora, não depois de encontrarem o cartão de Rocha. Por um segundo, ela se transportou para o seu quarto gelado no bairro de Shadyside, Miles rangendo os dentes no escuro ao seu lado, o aquecedor chacoalhando no porão, como se alguém estivesse encurralado ali dentro, debatendo-se contra uma enorme pilha de panelas. Não, ela não podia ir, ainda não.

Sentando novamente em uma das camas de solteiro do quarto de hóspedes, abriu seu caderno em uma página em branco. CAPÍTULO DOIS: **BOLADA**.

Bolada: do latim *bulla*. Primeiro uso conhecido: século XVI. **1**. Ganho substancial seguido a uma aposta. **2**. Chegada repentina da fortuna que pode levar uma pessoa a reconsiderar o quanto está disposta a arriscar na sequência, como em: *Após uma ou duas tentativas frustradas, a tradutora norte-americana, como outros em seu país, ficou conhecida por não poupar esforços para provar que, ela também, podia conseguir uma bolada*. **Ver também**: teimosia. **3**. Palavra empregada como justificação de risco excessivo na busca de algo improvável. **Ver também**: redenção.

A Editora Alpha era um aterro de manuscritos. Emma nunca tinha visto tantas pilhas de páginas amareladas e melancólicas em um único lugar. Talvez Rocha estivesse tentando assustar os novos escritores. No topo de uma das pilhas alguém tinha esquecido uma lata de azeitonas que parecia um tanto tristonha.

Posso ajudar? A recepcionista perguntou por detrás de uma coluna de livros e manuscritos amontoados ao lado da mesa.

Olá, disse Emma. Roberto Rocha está?

Ele acabou de partir para Salvador. O que é que você precisa?

Vim perguntar uma coisa a ele... Emma fez uma pausa, acabara de reparar no livro que estava ao lado do telefone da recepcionista. É um romance da Beatriz Yagoda?

É sim, estamos relançando *Você provou as borboletas?* Não é maravilhoso? A garota entregou o livro a Emma. A nova capa era elegante e minimalista, com apenas um jogo de garfo e faca prateados e austeros. Lembrava a imagem de uma cozinha remodelada pela *Architectural Digest* e não podia estar mais distante do caos exuberante de folhas verdes da capa original dos anos setenta. Ao longo dos dois anos que Emma tinha levado para traduzir o livro, passou a conhecer aquelas plantas tão intimamente quanto os poros de seu nariz.

Está todo mundo correndo para relançar os livros agora que ela desapareceu, disse a garota, e então se curvou na direção de Emma como se tivesse escutado algum som curioso vindo do chão. Você estava nas fotos na balsa com o filho dela, no jornal. Você é a tradutora, a americana.

Aquelas fotos eram um tanto enganadoras, Emma respondeu. Eu te juro, ela disse. Mas o *te juro*, em seu sotaque carregado, soou como algo próximo de *joelho*.

Estavam todos morrendo na varanda — os caquizeiros tão queridos de sua mãe. Raquel tentou mais água e depois menos, mas nada parecia fazer diferença. O que quer que ela desse ou retirasse deles, os quatro frutos que, sob os cuidados da mãe, vinham tomando a cor de um alaranjado profundo, agora murchavam em tons de marrom apodrecido.

Quer estivessem morrendo ou não, Raquel fez com que Marcus prometesse que continuaria insistindo neles após sua partida para Salvador, naquela manhã. Se desistissem tão rápido assim dos pés de caqui da mãe, o que aconteceria depois? E se Beatriz de repente aparecesse em casa e visse que as plantas tinham sido abandonadas?

Você tem que mijar neles, dissera Thiago no dia anterior, durante o trabalho. Disse que o avô jurava que um pouco de xixi de mulher reavivava uma árvore moribunda. Alguma coisa sobre os hormônios no xixi de uma mulher, especialmente após acordar. Você tem que dormir lá e mijar em tudo logo cedo, aconselhou, e embora ela ainda não tivesse se acocorado sobre os caquizeiros para fazê-lo, o conselho tinha sido útil, pois ela percebeu que não estava tão incomodada ou determinada a salvar os pés de caquis como havia pensado.

Tinha ao menos resolvido o problema de Emma antes de partir para Salvador. Já que Emma estava finalmente voltando para Pittsburgh naquele dia, Raquel não contou sobre seu voo. Não queria arriscar que ela resolvesse segui-la. Estava certa de que seu palpite não era como o de Emma. Sua mãe vinha escrevendo sobre Salvador logo antes de desaparecer, e ainda não tinha terminado. Até mesmo Thiago tinha concordado que ela deveria ir. É uma época horrível para você se ausentar, ele disse, mas você tem que ir lá e encontrar tua velha. Diz pra ela voltar para aquela árvore, pro galho dela.

Com a benção de Thiago, Raquel sentiu-se razoavelmente tranquila até chegar ao aeroporto. No terminal, começou a achar que alguém a observava. Ou que estava ficando paranoica. Para se acalmar, comprou dois enroladinhos de queijo e presunto que só a deixaram estufada e com sede. No jornal de quinta-feira havia uma imagem de três mulheres empilhadas como pedaços de frango num carrinho de compras, os membros mutilados de modo tão brutal que era difícil dizer onde terminava um corpo e outro começava. Era mesmo possível que um dos homens de Flamenguinho estivesse ali, agora, que a perseguisse em Salvador até que encontrasse a mãe, e então massacrasse as duas.

Nas TVs, quando as mortes fossem reportadas, tudo o que diriam seria que ela era filha de Beatriz Yagoda. Exibiriam por um segundo ou dois a imagem do seu rosto redondo e comum antes de voltar a mostrar sua mãe de olhos verdes e maçãs do rosto proeminentes recebendo o Prêmio Jabuti aos 29 anos. E então, pronto, aquela tinha sido sua vida — e estava encerrada. Thiago voltaria para casa, para a mulher e as crianças, e contrataria alguém mais nova para o seu lugar.

Raquel apertou a cabeça com as mãos, sem saber o que fazer, pensando se deveria simplesmente voltar para casa. Mas para quê? Já tinha tirado os dias de folga e gasto novecentos reais nas passagens. Era tarde demais para conseguir um reembolso do hotel. Pesando o medo e os custos, embarcou no avião. À sua frente, na fila, estava um homem alto e careca com um queloide grosso que cortava a nuca. Uma cicatriz de faca.

Ou apenas a cicatriz de uma queda de cavalo. Ou por ter sido lançado para fora de um carro. Passou a mão pelo rosto quente. A boca tão seca, era difícil engolir. Tinha que encontrar uma maneira de parar com aquela paranoia. Todos os dias ela lidava com líderes sindicais gritando em seu ouvido. Encaravam-na ameaçando coagir todos os mineradores do Brasil a não trabalhar para a PetroXM, e ela os enfrentava. Não ia desmontar agora. Tinha só que focar nas fileiras de assento, uma de cada vez, na garotinha rechonchuda que tinha bisbilhotado pelo topo de uma das cadeiras e depois se escondido. Raquel procurou se concentrar naquele assento, em conseguir ver o rosto redondo da garotinha mais uma vez. Mas quando se aproximou, não havia garotinha nenhuma. Apenas uma mulher de meia-idade roendo as cutículas e lendo *Você provou as borboletas?* de Beatriz Yagoda.

Você provou as borboletas?, *da ainda desaparecida Beatriz Yagoda, se junta aos outros livros da autora na lista de mais vendidos da semana — e aqui vão mais algumas notícias estranhas para os fãs de Yagoda. A Rádio Globo acabou de receber a informação de que um segundo escritor encontrou refúgio nas árvores do Rio de Janeiro. Um jovem romancista chamado Vicente Tourinho foi visto pela última vez escalando uma árvore no nosso querido Jardim de Alá.*

O que está acontecendo com nossos escritores, Brasil? Por que estão indo para nossas praças e subindo em árvores?

Emma se escondeu atrás de um pilar na área de retirada das bagagens. Antes, a visão de sua mala verde se aproximando no meio de uma montanha de bagagens pretas sempre lhe dava prazer. Mas então nunca tinha desejado se esconder de alguém que chegava no mesmo voo.

Talvez tivesse sorte e a bagagem de Raquel saltasse em primeiro lugar.

Mas não, lá estava sua mala verde, espocando por detrás da cortina de borracha e se movendo pela esteira até Raquel, que olhava fixamente para o objeto como se tivesse acabado de descobrir um fio de cabelo grosso voltando a crescer em seu queixo.

Quando Raquel se abaixou e arrancou a mala da esteira, Emma percebeu que não tinha outra escolha a não ser sair cabisbaixa de trás do pilar. Antes de partir, ela tinha dito a Marcus para onde ia mas pediu que não contasse a Raquel, não até que ela tivesse alguma coisa a dizer e com o que se redimir. Na noite anterior, deixou claro que partiria de vez pela manhã e fez questão de deixar suas coisas perto da porta. E ela tinha mesmo saído para o aeroporto. Se mentiu a respeito do destino, era para evitar irritar Raquel ainda mais. *Traduttore, traditore* — aquele clichê tão castigado.

Se ao menos tivesse nascido homem na Babilônia, quando os tradutores eram celebrados como inventores de novas línguas. Ou durante a Renascença, quando a tradução foi vista por um breve período como uma busca tão visionária quanto a escrita. Então teria se sentido realizada. Durante a Renascença, nenhuma tradutora teve que se desculpar por seguir seus instintos ao verter com sucesso uma das mais extraordinárias e desconhecidas escritoras de seu tempo.

Os segundos que levou para chegar a Raquel fizeram parecer que cada um deles tinha um século guardado dentro de si. Olha, disse Emma, parando em frente a Raquel. Não é o que parece. Eu sei que parece que eu segui você até aqui, mas, na verdade...

Você disse que iria, finalmente, nos deixar em paz. Você disse que iria para Pittsburgh. A voz de Raquel se tornava mais aguda a cada palavra.

Eu não vou ficar muito tempo, eu juro. Só vim encontrar Rocha e...

Rocha? O que ele está fazendo aqui?

Ele veio para Salvador ontem, disse Emma. Não é por isso que você está aqui?

Eu não tenho que te dizer por que estou aqui.

Não, claro que não. Emma pegou a mala verde, mas Raquel esticou o pé para parar as rodinhas.

Onde o Rocha está hospedado?

Eu não sei, disse Emma. Quando descobrir, te ligo.

Ah, sei. Raquel cruzou os braços. E o que você vai fazer pela minha mãe se encontrar com ela? Vai pagar a dívida dela? Vai protegê-la do agiota que você pensou que era amigo dela?

Eu... bom, eu estava pensando que talvez...

Você não tem ideia, bufou Raquel, admita. E ponha na sua cabeça que eles podem te matar da mesma maneira que me matariam, e o Marcus. Eles não estão nem aí se você é americana.

Estou ciente disso, Emma respondeu, embora estivesse tão ciente dessa possibilidade quanto alguém que ouve o ruído distante de um trovão num dia claro e acha o som ameaçador revigorante, sem acreditar que há um motivo real para procurar abrigo. Se você precisar de mim para alguma coisa, ela ofereceu, dei o número do meu hotel para seu irmão.

E com isso ela arrastou sua mala brilhante para a saída e para o sol a pino lá fora. Ao meio-dia, Beatriz tinha escrito no seu primeiro romance, o calor no Brasil era como a boca de um animal. Podia engolir qualquer coisa para se alimentar.

Para: eneufeld@pitt.edu
Assunto: Re: Re: viva?

Emma, você tem que parar com isso. Ainda está brava com o que minha mãe disse? Eu devia ter defendido você, reconheço, mas, honestamente, achei que ia ser mais fácil se a gente ignorasse aquilo e falasse de outra coisa. Minha mãe teve o primeiro filho dela aos vinte. Ela não entende. Não vou deixar ela te enlouquecer com os planos do casamento, prometo. A gente nem tem que fazer casamento nenhum. Podemos desistir, ou adiar, sei lá. Apenas ligue, Emma. Essas pessoas no Brasil não são a sua vida.

Emma checou a trava da porta. O chuveiro do banheiro estava bambo, o que contribuiu para aumentar sua ansiedade com relação à porta. Em seu pânico, tinha telefonado para Marcus e então, finalmente, escrito para Miles dando o nome do hotel, caso desaparecesse.

Mas a trava da porta se mostrou resistente o bastante e, apesar do chuveiro ruim, o quarto era razoável. O carpete não tinha manchas e havia uma escrivaninha de madeira convidativa num dos cantos. Espaçosa e firme, o tipo de lugar em que uma pessoa poderia sentar e fazer com que seus pensamentos parassem de jorrar como as rochas incandescentes de um vulcão. Emma puxou a cadeira e sentou. No início, tudo o que conseguiu foi olhar para a parede e se sentir fútil, o que já era alguma coisa. Não seria o desespero da inutilidade algo central para a condição humana moderna? Afinal, não era disso que tratava o *Dom Quixote*?

Para recuperar o que sobrava de sua autoestima, abriu o caderno. Talvez fosse o momento para seu outro eu enevoado pronunciar-se na tribuna.

Emma desabou no primeiro banco à sombra. Pensou que não precisaria de mais do que uma ou duas manhãs para descobrir onde Rocha se hospedava, mas já tinha visitado quinze hotéis cinco estrelas e a cada quarteirão surgiam outros. Mais uma vez tinha se vangloriado do seu conhecimento a respeito do Brasil. Queimada do sol e com fome, sentiu tontura e deixou a cabeça cair entre os joelhos.

À sombra da mesma figueira, uma baiana com uma pena roxa presa ao turbante vendia bolinhos de acarajés fritos e fumegantes. Emma podia sentir o cheiro do óleo de dendê, das cebolas e do molho de vatapá. Almoço, senhora? A mulher perguntou sem olhar para ela.

Por favor, disse Emma, reparando mais uma vez na pena da baiana. Era de um púrpura arroxeado como de beterraba cozida, de rubi brilhando no fundo da gaveta.

Essa pena, alguma chance de eu encontrar uma dessas numa loja aqui por perto? Emma perguntou.

Sim, a baiana respondeu. Tá vendo aquele homem de chapéu perto do hotel Aram Yamí, ali na rua Santo Antônio?

Emma repetiu o nome do hotel e a baiana confirmou com a cabeça, entregando a ela o acarajé sobre o guardanapo barato que parecia feito de plástico. Emma deu uma mordida e seus olhos saltaram com o incêndio repentino na boca. Tudo tinha um aspecto infernal em Salvador. A pimenta, o calor. Com a boca em chamas, ela abriu o mapa para compreender onde estava. Não tinha ido até lá para procurar penas.

A menos que tivesse.

De qualquer maneira, lá estava a rua Direita de Santo Antônio, a apenas duas quadras de distância.

O homem de chapéu fez sinal para que se aproximasse. Estavam sozinhos na loja escura e Emma não estava segura de querer chegar mais perto. Vestindo uma camiseta manchada, o vendedor lhe mostrava o que ele dizia ser raras penas púrpuras arroxeadas de arara, só que não eram roxas na realidade. Eram cor de sangue.

Talvez você prefira penas de jaburu, ele disse. Você tem em mente algum chapéu em particular?

Não, ainda não, Emma admitiu, e ele se dirigiu até uma floresta de chapéus empilhados no fundo da loja. Havia uma estante inteira de fedoras brancos de sambistas, outra de divertidos chapéus de forró em formato de banana. Mas também uma prateleira de viseiras desengonçadas de algodão e outra de chapéus de palha rígidos e coloridos com abas largas e extravagantes. Emma não sabia se tinha carisma suficiente para usar qualquer um deles, mas naquela viagem não tinha conseguido evitar o sol como nas anteriores. Em outras viagens, havia planejado os dias com cuidado para que pudesse estar na sombra ao meio-dia, por receio de se queimar. E estivera certa. Agora, exposta ao sol nas horas mais quentes, sentia no rosto e nos braços o quanto estava irremediavelmente se queimando.

De um balcão próximo ela pegou um chapéu creme de aba larga e vestiu. Miles teria considerado aquela uma escolha ridícula, que acabaria jogada no fundo do armário junto das outras compras impulsivas feitas no Brasil. Atrás dela, ouviu o vendedor de chapéus aproximar-se arrastando os pés. Ela se virou para ele.

Posso? Ele prendeu uma pena fina e escura na fita do chapéu. Não consigo penas de martins-pescadores com muita frequência, ele disse. Eles só passam por aqui no inverno.

Emma se colocou diante do espelho encardido na parede oposta. A pena não era a mesma que a baiana do acarajé usava. Era mais comprida e tinha um brilho azul metálico. Com a pena escura e o chapéu de enormes abas brancas, ela parecia uma mulher ligeiramente insana ou, talvez, apenas uma mulher com senso de humor que não estava disposta a esperar por algum alinhamento impossível de astros para aproveitar a vida.

Posso pegar outras penas para você provar. O vendedor olhou para ela, deixando claro que ficaria feliz em pegar também outras coisas. Mas ela disse que a pena de martim era arroxeada o bastante.

Após pagar a conta, ela dobrou cuidadosamente a aba e, recuperada, atravessou a rua escaldante até a recepção do Hotel Aram Yamí.

O Aram Yamí combinava impecavelmente com Roberto Rocha. Colonial chique, era o tipo de hotel que Alessandro diria ser o lugar onde as avós dele varriam o chão para as avós de Rocha.

Mas Alessandro não estava ali. E em sua ausência, Rocha não tinha problemas em admitir seu gosto por mesas de jacarandá com pés cabriolé e os pesados espelhos pintados a ouro dos corredores. Aquela luxúria toda o encantava. Cada objeto antigo podia ser o correlativo de uma injustiça, se alguém quisesse enxergar o mundo daquela maneira. Mas para quê? Um canapé de mogno meticulosamente esculpido continuava sendo um magnífico canapé. Sua elegância não precisava ser manchada pela menção às criadas de sua avó, ajoelhadas, lustrando com óleo o brilho da madeira.

Rocha desprezava a avó, sempre fazendo soar o sino de prata para chamar os empregados e dizendo como ele era um garoto estranho, como tinha algo na voz que deixava as pessoas nervosas. Livre dos mocassins, Rocha se deitou na cama, que rangeu sob seu peso. Lá fora, no corredor, um grupo de turistas norte-americanos começou a tagarelar ao lado do elevador, tornando impossível seu descanso. Logo, ainda bem, o elevador os carregou para longe e ele estava quase dormindo quando o telefone do quarto soou.

Desculpe incomodá-lo, senhor Roberto, disse a recepcionista, mas há uma mulher aqui na recepção que deseja vê-lo.

Verdade? Bem, diga a ela que desço em um minuto.

Vestiu novamente os mocassins, levantou os óculos bifocais do criado-mudo. Era bem coisa de Beatriz ser a primeira a encontrá-lo. E no mesmo dia de sua chegada. Certamente conseguiria arrancar um livro dela — uma novela ou um conjunto de contos. Beatriz sabia que ele respeitaria a sua privacidade, não revelaria seu paradeiro a ninguém.

Ding.

As portas do elevador se abriram e Roberto Rocha convocou seu sorriso mais confiante e admirador. Onde está ela? A única mulher à vista na recepção vazia era uma turista desengonçada vestindo um chapéu creme gigante que lhe dava o ar de um periquito petulante. Quando a mulher de chapéu se levantou e começou a caminhar em sua direção, ele pensou que fosse coincidência.

Boa tarde, ela disse. Eu sou a tradutora americana da Beatriz.

Seu rosto assumiu a expressão que costumava reservar ao vinagre. Foi você que acabou de interfonar? Você simplesmente pediu à recepcionista para ligar no meu quanto e arruinar o meu cochilo?

Mil desculpas, ela disse. Posso voltar depois. Só esperava conseguir falar com você rapidamente a respeito de Beatriz.

O filho dela está aqui com você também?

Marcus? Ah, não, eu vim sozinha. A tradutora corou debaixo do chapéu largo. O português dela não era tão terrível para uma norte-americana, mas era uma garota um tanto nervosa e alta demais. Ela o fazia se sentir ridículo, levantando o rosto como um garotinho, expondo todas as pregas de carne escondidas debaixo de seu queixo.

Ele recuou um passo para recuperar o controle da conversa. Eu presumo que você tenha conversado com Beatriz.

Bem, não... eu — bem, você está aqui para se encontrar com ela?

Mas é claro, disse Rocha.

Então ela está mesmo aqui, na Bahia.

Receio que não tenha autoridade para revelar a localização de Beatriz, ele disse.

Bem, talvez você possa passar a ela uma mensagem. A tradutora se aproximou, encobrindo-o novamente. É sobre a segurança dela. Se ela quiser sair do Brasil, quero que ela saiba que posso ajudar. Ela poderia conseguir uma residência em Iowa, no International Writing Program de lá, ou eu talvez consiga para ela um emprego de professora permanente com a...

Porque dar aulas em uma universidade norte-americana, ele a interrompeu, é o pote de moedas de ouro ao final do arco-íris para qualquer escritor, não é?

Eu só quero ajudá-la a ficar fora de perigo.

E isso no santuário de uma das suas veneráveis instituições americanas.

Senhor Roberto, eu só quero ajudar.

Ah, não tenho dúvidas quanto a isso. Tudo que os americanos sempre querem é ajudar. Se você me der licença, eu estou mesmo muito cansado. Ele acenou com a cabeça para a tradutora e pôde sentir sua palidez quando deu as costas para ela. Alessandro lhe avisava há meses que ele vinha se tornando um homem amargo como limão. Não teria sido um problema admitir que ele também não tinha ideia de onde encontrar Beatriz, que ela tinha desaparecido do hotel onde se registrara como S. Martins um dia antes de ele chegar, isso depois de ter convencido o hotel a devolver a ela o dinheiro que ele tinha enviado para pagar pela estadia dela nos próximos dias. Ele tinha ficado furioso com a manipulação escancarada da sua generosidade, e furioso com ela por tê-lo feito viajar tanto e para nada.

Ainda assim, aquilo não lhe dava o direito de ser rude com a tradutora cujo nome ele já tinha esquecido.

Beatriz havia escrito um conto uma vez sobre cinco irmãos que tinham problema em lembrar dos nomes, até mesmo dos próprios nomes. Durante os jantares, para conseguir chamar a atenção um do outro, eles atiravam pedacinhos de pão ou de linguiça pela mesa. Já adultos, todos tiveram dificuldades nos relacionamentos amorosos. Eles se viravam para acariciar a mulher ao lado na cama e percebiam que não tinham ideia de seus nomes. Na meia-idade, começaram a se esquecer dos próprios nomes e tinham que ligar para os pais para pedir ajuda. No entanto, os pais já começavam a ter problemas de audição e não conseguiam diferenciar as vozes dos filhos ao telefone. Para qualquer um que ligasse eles repetiam, Bruno — seu nome é Bruno, querido. Os filhos então murmuravam os nomes para si enquanto abotoavam os casacos, tentando se lembrar do próprio nome até que saíssem pela porta. Quando se encontravam na rua, eles gritavam, Sou eu — Bruno! Mas *eu* é que sou o Bruno, o outro respondia. Mamãe acabou de me dizer. E os dois irmãos se encaravam com — como é que Beatriz chamava? — a aterrorizante convicção dos homens perdidos.

Na primeira vez que Rocha leu o conto, a aterrorizante convicção daqueles irmãos encontrando-se na rua o acertou em cheio. Ele estava sentado em seu escritório, e por um minuto tudo em sua mesa adquiriu um brilho desconcertante, como as escamas de um peixe recém-capturado ou como o reflexo de um balde boiando na água escura de um poço.

Para: eneufeld@pitt.edu
Assunto: nos próximos cinco dias

Senhora Emma,

Se não receber minha grana esta semana eu vou sequestrar teu amigo Marcus e arrancar uma orelha dele como pagamento de juros.

Por quê? Porque você tá me devendo. E tá demorando demais pra pagar. Trato todos os meus devedores da mesma maneira. É, eu acredito em igualdade. Se alguém não paga o que me deve, vou atrás da família. A menos, é claro, que no meio tenha uma americana de pernas gostosonas e que aquilo que é meu esteja a caminho.

Um beijo do
Flamenguinho

Emma leu o e-mail com o computador virado para a janela e depois contra ela. Imaginou que manteria Beatriz em segurança por mais um tempo com seu pecado por omissão no bar do hotel, a respeito de quanto dinheiro um novo romance de Beatriz poderia render em inglês. Talvez aquilo tivesse sido um erro. Se não tivesse jogado com as expectativas de Flamenguinho, talvez ele não pensasse em incluir Marcus nessa aposta.

Sentiu saudades dos pais, da segurança deles, da tranquilidade de uma conversa em seu próprio idioma. Mas se ligasse para os pais agora, eles implorariam para que ela voltasse. Ficariam sem dormir. Mandariam Miles buscá-la e contatariam a embaixada dos EUA, o que envolveria a polícia brasileira e Raquel ficaria furiosa. Tinha certeza de que eles eram corruptos demais para ajudar e apenas venderiam para a mídia a história de sua mãe como jogadora de pôquer.

Mas talvez Raquel visse as coisas de outro modo agora, com essa ameaça a Marcus.

Absolutamente não. Sem polícia, Raquel disse quando Emma ligou e leu o e-mail para ela. Eles vão piorar tudo. Imprime o e-mail. Vamos nos encontrar num café, e não chore nem faça cara de assustada quando deixar o quarto, avisou Raquel. Você tem que parecer tranquila. No controle.

Emma concordou, embora não tivesse ideia de como ia se recompor até que lembrou do chapéu novo. Colocou-o na cabeça e, ainda que estivesse tremendo, dobrou a aba larga num ângulo jovial. Quando chegou à recepção estava tão amedrontada que teve que sentar. Tirou o caderno para se distrair com um pouco de fantasia, para desaparecer por um momento no alívio de um faz de conta — no apelo de imortalidade escondido em toda ficção.

Raquel não sabia o que fazer com aquele chapéu enorme de Emma. Elas sentaram para tomar um café e, encarando aquela pena escura e esquisita à sua frente, Raquel se perguntou se a tradutora de sua mãe não estaria perdendo a cabeça. Do contrário, por que começar agora a usar um chapéu gigante e tornar ainda mais fácil para alguém persegui-la em Salvador?

Raquel tinha trazido as páginas que encontrou no computador da mãe, imaginando que Emma pudesse encontrar nelas algo que ela não tinha sido capaz. Mas à visão daquele chapéu na cabeça de Emma, com aquela pena azul metálico desconcertante, Raquel achou a ideia absurda e desesperada. Emma era tão suscetível a esquecer o senso comum quanto sua mãe.

Acho que o Rocha vai aceitar, Emma estava dizendo. Vai emprestar o dinheiro, definitivamente. Por que não?

Porque ele é um esnobe, disse Raquel. E jogos virtuais não são uma ocupação aristocrática. Ela engoliu um dos brigadeiros de chocolate que tinha pedido. Rocha provavelmente enviou o dinheiro apenas essa vez porque isso não significa nada para ele. Devia estar envergonhado por ela.

Raquel olhou para o outro lado, mortificada pelo que tinha acabado de admitir, ainda por cima para Emma. Tinha uma memória vívida de Rocha chegando ao apartamento quando sua mãe se encontrava numa de suas recaídas. Antes dele chegar, Raquel tinha recolhido todas as roupas do chão e levado a mãe até o chuveiro e penteado seu cabelo. Era como preparar uma boneca gigante de olhos de vidro. Ela gritou com a mãe quando Rocha foi embora. Foi um alívio ficar brava com ela de novo, significava que a mãe estava recuperada e Raquel podia exigir furiosamente um pedido de desculpas.

Com todos os extratos bancários e as centenas de símbolos negativos, ela fantasiou esfregar o rosto da mãe diretamente naquelas contas do jeito que as pessoas fazem com os cachorros, e dizer a ela, Veja só o que você fez desta vez. Veja só.

Mas ali, em Salvador, a capacidade de Raquel para a raiva parecia ter se esgotado. Não podia chorar na frente da tradutora de sua mãe. Se o fizesse, Emma ficaria no comando de tudo.

Você imprimiu o e-mail, certo? Posso ver, por favor?

Emma passou o papel por cima da mesa e perguntou se Raquel tinha lido as notícias a respeito do escritor desaparecido numa árvore no Jardim de Alá.

Conheço a garota que ele estuprou, Raquel disse. É a filha de um deputado. Um filho da puta desse tipo seguindo os passos da minha mãe.

Mas ninguém vai ver dessa maneira. Emma balançou a cabeça, fazendo com que a pena ridícula se agitasse no chapéu. Tourinho não é da turma de sua mãe. O trabalho dele é um pastiche previsível. É exatamente o tipo de escritor que subiria numa árvore para imitar alguém de verdade. Alguém de verdade, Raquel, repetiu Emma, os olhos brilhando, como se aquilo fosse o que havia de mais importante naquela história: de quem eram as palavras mais fascinantes.

Emma, Raquel falou devagar, você se dá conta de que há uma boa chance de você morrer aqui e que vestir um chapéu gigante como esse só torna mais fácil alguém te seguir?

Eles vão arrancar as suas orelhas e enviar ao seu marido sem pestanejar.

Emma abaixou os olhos. Por favor, pare de dizer isso. Eu não sou casada. Estava morando com um namorado, mas agora estou aqui e não vou a lugar nenhum até que a gente encontre sua mãe.

Raquel destravou o fecho da bolsa. Vou te mostrar uma coisa, ela disse, mas você tem que prometer não fazer nada com isso sem a minha permissão.

Permissão: do latim *permissio -onis*. **1**. Consentimento formal, como em: *Uma tradutora deve ter permissão para publicar uma história feita de palavras que não são dela, mas que incidentalmente também são.* **Ver também**: paradoxo. **2**. Autorização, como em: *Se uma autora desaparece, sua tradutora deve obter permissão por escrito do executor do espólio da autora ou do parente mais próximo.* **3**. Ato de permitir, comumente confundido com o tácito, e ainda mais confuso, *consentir*, como em: *O parente mais próximo, em dificuldade financeira, pode consentir e utilizar a palavra "permissão", mas depois se arrepender e negar completamente que tal conversa tenha ocorrido.* **Ver também**: dilema.

Emma acordou pensando no corpo de sua autora. A princípio, apenas no fato de que Beatriz tinha um corpo, tão feminino e vulnerável quanto o dela. Já no chuveiro, Emma não pode evitar pensar nos detalhes até que tivesse imaginado todos eles, sua autora totalmente nua aos 34 anos de idade, a mesma idade que ela tinha agora. Imaginou Beatriz olhando para baixo enquanto esfregava os braços, observando os seios e as costelas visíveis sob a pele, lembrando quem a tinha tocado e onde, os homens de todos os cantos do Rio de Janeiro que tinham se voltado para ela e seus olhos verdes, e que não tinham ideia do que ela escreveria. E que não teriam se importado se soubessem.

Nos quase dez anos que Emma gastou traduzindo Beatriz, jamais lhe ocorreu pensar que o corpo de sua autora pudesse possuir tantos segredos complicados como sua ficção. E por que não teria? Não deveria mesmo ter?

Na primeira leitura das páginas entregues por Raquel, Emma seguiu pulando adiante. A figura sombria no beco atrás do cinema parecia algo tão precário, um dispositivo tirado de um romance policial de Sue Grafton — *S para Sombra*. Emma continuava esperando o momento em que Beatriz ia subverter o clichê.

No entanto, cada versão levava à mesma imagem da sombra e então se interrompia. Na outra cena, em Salvador, Beatriz também seguia perdendo força. Enquanto lia, Emma começou a se retorcer. Qualquer uma das histórias do desastre evitado com o pai poderia ter se desviado para o território mais estranho e fantástico pelo qual Beatriz era conhecida, mas nenhuma era assim. Nunca tinha lido nada de Beatriz que fosse tão implacavelmente vazio e desprovido de mágica.

A menos que, talvez, a implacabilidade fosse a questão. Ainda assim, na décima repetição, Emma ficou tão exasperada com a cena do beco que teve de abandonar a leitura. Quando Raquel se mostrou hesitante em entregar o manuscrito, Emma pensou que aquilo tinha que ver com o quão pouco Raquel acreditava nela, ou até mesmo a tolerava. Mas certamente a hesitação de Raquel se devia também, se é que não inteiramente, a uma desconfiança daquelas páginas e ao que elas possivelmente revelariam.

Se as cenas eram da vida real de Beatriz, Emma pensou no que teria acontecido antes. Se fora a escrita sobre aqueles instantes vividos no beco que tinham feito a autora clicar impulsivamente, enveredando por centenas de milhares de dólares em dívidas de pôquer. Ou se o problema do pôquer tinha acontecido antes e, incapaz de se concentrar na própria escrita, Beatriz tinha voltado aos antigos diários para revisitar seus conteúdos.

Ou talvez tudo tivesse sido ainda mais complicado. Talvez o que tenha posto Beatriz em movimento fosse não só a ideia de revisitar aquele beco em sua mente, mas a incapacidade de ir além dos fatos da cena pelo bem da história, de dar o tipo de salto mágico e imaginativo que as pessoas — incluindo Emma — já esperavam dela. Ela congelou ao pensar em todos os e-mails elogiosos que tinha enviado a Beatriz ao longo do último ano, em quanto ela havia exagerado ao falar sobre sua ânsia de se perder no estranhamento maravilhoso do novo livro de Beatriz, quando estivesse pronto.

Em suas aulas na universidade em Pittsburgh, Emma sempre falava sobre a amizade com sua autora, sobre como acabaram se conhecendo tão bem. Em suas viagens ao Rio, havia contado mais a Beatriz a respeito de seu tédio com Miles do que a qualquer amiga em Pittsburgh. A menos, talvez, que aquelas confidências tivessem a ver tanto com o fato de ser uma turista na língua portuguesa como com o fato de que era Beatriz a pessoa com quem ela estava falando. Tinha sido tão mais fácil dizer que havia algo mortífero em correr ao lado de Miles quando falava com sotaque, em outro idioma, prestes a partir em sete dias. Em resposta a esta confidência, Beatriz lembrou de um poema de Hilda Hilst, um verso maravilhoso sobre uma mulher que não queria ficar no quarto em que seu amante a queria manter. O verso tinha proporcionado tanta compreensão, ou mais, quanto uma confissão mútua.

Ou não, talvez não tivesse acontecido daquele jeito. Relembrando a conversa, agora, Emma não tinha certeza se Beatriz é quem lembrara do poema de Hilst ou se tinha sido ela mesma, e Beatriz ficara apenas ali sentada, ouvindo.

Emma empurrou o manuscrito inacabado de sua autora e abriu o caderno sobre a cama. Um jorro de palavras a invadiu, como se tivesse encostado numa cerca elétrica, as sentenças irrompendo mais rápidas do que a própria consciência. Na tribuna, a imagem enevoada de todas as tradutoras já levadas a julgamento se ergueu e pediu um espelho. Pois já não era tempo de a eterna tradutora ser contemplada com uma ajuda em sua defesa contra os crimes que lhe eram imputados? Neste momento avançado da história humana, não estaria cada um dos que são acusados de ofensas literárias no direito, até mesmo na obrigação, de mostrar aos espectadores da galeria seus próprios reflexos enquanto eles a observavam, e mostrar-lhes o poder que suas expressões tinham sobre a dela?

TUM TUM!
TUM TUM TUM!

Emma deu um salto. Estivera tão concentrada que tinha se esquecido de onde estava. A pessoa na porta bateu novamente, chacoalhando a moldura da aquarela praieira pendurada sobre a cama. Tinham vindo atrás dela. Morreria ali. Raquel estava certa.

Emma tinha se habituado a passar a trava na porta sempre que voltava para o quarto do hotel, mas talvez nem aquilo adiantasse. Tinha visto assassinos em filmes arrebentando correntes como se não fossem mais do que colares de pérolas vagabundas em torno de um pescoço de mulher. Se não atendesse mais o telefone ou respondesse aos e-mails, pensou se ocorreria a Raquel ou a Marcus ligar para a embaixada dos EUA. Saberiam como encontrar os pais dela? Imaginou sua mãe, acordada no sofá xadrez, recebendo um telefonema daquela natureza, era horrível demais. Impossível.

Ei, é o Marcus, disse o homem atrás da porta. Abre.

Emma não respondeu. Soava como Marcus, mas aquilo não queria dizer que não pudesse ser outra pessoa, um matador com talento para a imitação. Ela procurou pelo computador e clicou na última mensagem de Miles. Ele checava os e-mails incessantemente à noite.

TUM! TUM!

Emma, você está aí?

Como eu vou saber se você é mesmo o Marcus? Ela gritou para a porta enquanto digitava.

Porque eu levei os tênis encharcados ao seu quarto para que você pudesse transar comigo.

E por quanto tempo eu deixei você ficar?

Não o bastante, a voz do outro lado respondeu. Você estava escrevendo.

Ela destravou a porta. A fria luz fluorescente dos corredores de hotel costuma roubar a beleza da face das pessoas, mas não de Marcus. Não de suas maçãs do rosto salientes e de sua boca grande ou de seus olhos verde radioativos. Emma fechou a porta e ele passou as mãos sobre seus braços arrepiados, seus seios e desceu pelas costelas.

Emma não perguntou se ele tinha telefonado para Raquel ou se sabia que poderia ser sequestrado e perder uma orelha a qualquer momento. De que ajudaria se soubesse agora? Acabava de chegar, e tinham trancado a porta. Ela havia passado toda a sua vida desesperada para mensurar exatamente o quanto sabia, e até onde aquilo a tinha levado?

A um doutorado.

Um emprego de professor adjunto que vinha com uma mesa de metal enferrujada que ela dividia com outros dois professores adjuntos, e um deles vivia de Doritos e deixava impressões digitais laranja-neon em seus *post-its*.

Um namorado que gastava as noites plotando quanto sua pulsação tinha aumentado ao longo da corrida matinal.

Do lado de fora da janela do quarto, a lua baiana brilhava cheia sobre o oceano, tingida de azul. Alguém gritava na rua, Maria, por favor! Volta aqui. Ao longe, o escapamento de um carro soltava fogo, ou era um tiroteio que cruzava a escuridão como uma estrela. Em seu quarto, o termômetro mostrava a temperatura. Agradáveis 31ºC.

Para: eneufeld@pitt.edu
Assunto: Re: se você não ouvir de mim amanhã

Emma, seu e-mail não faz sentido. De que orelha você está falando? Você tem que se levantar AGORA e pegar um táxi para a embaixada americana.
O endereço está no brazil.usembassy.gov.
Não consigo chegar a Salvador antes das 21h23 de amanhã à noite.

Você já clicou no link? brazil.usembassy.gov. FAÇA ISSO JÁ. Essa escritora, os filhos dela — eles são estranhos. Isso que você está fazendo não combina com você.

Para o café da manhã pediram omeletes e fatias de goiaba. Quando o serviço de quarto chegou, Marcus enrolou uma toalha na cintura e desfilou até a porta com a tranquilidade de quem não estava desacostumado a receber o café da manhã naqueles trajes.

Quando ela acordou, antes dele, não resistiu ao impulso de checar os e-mails enquanto Marcus dormia na cama ao seu lado. Tentara ficar ali deitada por alguns minutos, meio sonolenta, ouvindo o barulho dos carrinhos de comida se posicionando ao longo da orla. Ela se arrependeu de não ter tentado um pouco mais. Tendo visto o e-mail, não havia como postergar seu medo de um acerto de contas com Miles.

A menos que ela estivesse disposta a ser cruel e mudar de hotel.

Divino! Marcus comentou em voz alta a respeito da torrada, limpando algumas migalhas da boca. Abriu a mochila largada ao pé da cama e Emma pensou que ele estivesse procurando por mais uma camisinha, mas ele tirou dali a nova edição de *Você provou as borboletas?*

Você viu isso no aeroporto? Nunca terminei nenhum livro da minha mãe. Ele passou a nova edição para Emma. Eu sabia que os livros dela ficavam no apartamento, mas ela também ficava. Nunca me pareceu certo ler o que ela escrevia quando eu podia ouvir o que ela dizia no quarto ao lado. Ou talvez eu não estivesse preparado para saber o que ela dizia neles. Marcus sacudiu os ombros. Ou talvez tenha se espreguiçado mesmo.

Emma tocou a capa elegante, o garfo e a faca austeros. Até mesmo o trabalho de sua autora parecia estranho agora.

Não tinha ideia de que boa parte dele fosse sobre adultério, disse Marcus.

Bem, mas também sobre as vidas sonhadas pelas pombas.

Essa parte eu não consegui entender. Ele puxou o lençol como se estivesse com frio. Você poderia ler para mim? Ele pediu. A parte das pombas?

Ainda pelada, os dedos melados de goiaba, Emma começou a murmurar para Marcus as palavras que, antes de ele nascer, sua mãe tinha escrito. No início, ela as pronunciou de um jeito tão macio que mal podia escutar a própria voz, e Marcus então se aproximou.

A cada frase, ela afundava ainda mais nas palavras e sua voz começou a se levantar. Tinha convivido com essas descrições por muito tempo, tinha meditado sobre elas enquanto dirigia pela neve e enquanto escovava os dentes.

E não era exatamente essa a maravilha da tradução — descobrir frases tão bonitas e ter a chance de fazer outra pessoa escutá-las como se fosse a primeira vez? Atingir, ao menos uma vez, um estado tão íntimo e singular que de outro modo não seria possível, não sem estas palavras, organizadas nesta ordem, nesta página?

Porque eu sei certas coisas, ela leu, sobre a vida sonhada pelas pombas. Sei que os sonhos delas não são diferentes dos pensamentos flutuantes de uma mulher que se esquece de si mesma no banho. Uma mulher que por vontade própria se deixa adormecer enquanto a água cai, fumegante, da torneira sobre a banheira e daí para o chão, até vazar lentamente para o quarto no andar de baixo.

Eu sei que pombas, em seus sonhos, também não são diferentes do marido de sono pesado desta mulher, que está na cama de alguém, em outra parte da cidade. Um marido que quer acreditar que sua mulher dorme profundamente em casa, uma casa que ele mantém a uma distância que não é diferente da distância que as pombas mantêm do significado de seus sonhos. Significados que podem ocasionalmente se juntar nos excrementos que uma pomba solta no ar, significados espatifados contra os para-brisas e as mesas e, às vezes, contra as carecas desavisadas dos homens.

Ah, essa é a minha mãe mesmo. Marcus pressionou os lábios contra o ombro de Emma e ela continuou a leitura, mais devagar, com mais luxo. Tinha lido uma vez um ensaio de Borges em que ele usava a palavra *"lujosamente"* para descrever a voz da tradução de *As mil e uma noites* feita por Joseph Mardrus.

A infidelidade de Mardrus, Borges declarou, a feliz e criativa infidelidade de Mardrus é o que importa para nós.

E importava LUXUOSAMENTE, ela escreveu à margem. Miles estava sentado ao seu lado enquanto lia o ensaio e tirou sarro dela por ter escrito a palavra em letras maiúsculas como uma garota adolescente. Naquele mesmo fim de semana, a Elsewhere Press a consultara a respeito da tradução de um segundo livro de Beatriz. Quando ela contou a Miles que tinha aceitado o projeto, ele contraiu os lábios como se tivesse acabado de notar o resíduo ressecado de uma sopa de ervilhas nos cantos da boca dela.

Nos meses seguintes, à lembrança daquele momento, ela experimentou o que García Marquez descreveu como lírios envenenados se enraizando em suas entranhas.

Em cima dela, agora, Marcus corria a língua por suas clavículas. Segue, tradutora, ele disse. Segue.

E assim ela seguiu durante toda a manhã, LUXUOSAMENTE, até a página 76, quando o prédio todo foi inundado pela água do banheiro e a espuma de sabão cor-de-rosa derramava no parapeito das janelas e sua voz começava a falhar e seus pulsos começaram a amolecer de tanto segurar o livro e o telefone começou a tocar e tocar e ela sabia que era Raquel e que sua autora gostaria que ela atendesse. Havia também Miles, que estava para chegar.

As notícias aqui na Rádio Globo, meus amigos, são pavorosas. Acabamos de saber que o nosso segundo escritor a desaparecer nas árvores do Rio foi encontrado castrado e morto dentro do seu carro hoje pela manhã. Vicente Tourinho, de apenas 26 anos de idade.

Aqui na Rádio Globo nós gelamos só de pensar em Tourinho. A todos vocês autores soltos aí pelo Rio de Janeiro, por favor, fiquem longe das árvores!

Raquel não se sentia mais segura em lugar algum. Em seu quarto de hotel, não conseguia tomar banho sem antes procurar por intrusos no armário vazio debaixo da pia. Não conseguia dormir sem conferir a tranca da porta. E tampouco conseguia se manter acordada. A cada par de horas, acordava tensa e tinha que procurar novamente pelos homens no armário do banheiro.

Sentada no jardim sombreado do café onde combinou de se encontrar com Marcus e Emma, Raquel estava tão cansada que caiu no sono em cima da mesa. A descrição no site dizia que o jardim era quieto e reservado, o que parecia ser verdade. Palmeiras com os troncos alargados na base fechavam o espaço do jardim, as folhas pinuladas das árvores mais altas serviam como uma espécie de telhado.

Mas será mesmo que algumas palmeiras gordas iriam protegê-los? Ela ainda estava ali, sentada sozinha. Sua mãe ainda devia mais de meio milhão de dólares para um psicopata. Quando seu telefone soou e ela viu que era Thiago, ficou tão agradecida que começou a chorar.

Bom dia, fugitiva! Que barulho é esse — você não tá virando chorona, tá?

Claro que não. Eu não sou de chorar. Ela pressionou a mão contra o nariz para abafar o som.

Você é uma máquina mortífera, mulher! Ele gritou para ela do Rio. Esse lugar é uma bosta sem você. Quando é que você volta?

Não sei. O agiota acabou de ameaçar sequestrar meu irmão.

Só mesmo amando esse país, não é? Viva o Brasil! Thiago assobiou um sambinha no telefone. Mas, sério, mulher, você é descendente de judeus — seu povo não tem sempre uma grana guardada no colchão para merdas como essa? Você vai vencer, Raquel, você sempre vence. Tenho que ir. É esse furúnculo do Enrico ligando.

E ele se foi.

Era isso, tudo o que receberia dele ali.

Antes que pudesse se abater ou recompor, Emma e Marcus apareceram na porta do café e vieram para o jardim. Seu irmão logo se abaixou para beijá-la e ela nem aproveitou para ralhar com ele por ter vindo a Salvador sem dizer nada ou por ter ido direto para a cama de Emma. Ele era como a mãe. Com aqueles olhos verdes e um jeito silencioso de réptil, faziam exatamente o que queriam. Observando-o sentar à sua frente, ela pensou em todas as coisas que Marcus não tinha sido e que nunca seria.

Não o filho de uma sombra.

Não alguém aterrorizado em perguntar à mãe sobre aquela sombra e também não igualmente aterrorizado por talvez nunca ter a chance de perguntar.

E Marcus, esse alto, belo e gracioso Marcus com olhos de safira, não estava acordando sozinho todas as manhãs.

Ele não era obrigado a olhar para a tradutora da mãe deles, sentada do outro lado da mesa, tão saciada e acesa que podia muito bem ter pendurado um cartaz no pescoço com os dizeres ACABEI DE TRANSAR COM SEU IRMÃO. FOI SUBLIME.

Enquanto os filhos de sua autora discutiam, Emma ficou de cabeça baixa e tentou ao máximo manter-se presente, porém invisível. A mesa que o garçom tinha lhes oferecido estava bamba, os pés se inclinavam para a frente e para trás cada vez que Marcus ou Raquel se debruçavam sobre o tampo. Uma semana atrás, Emma teria tentado discretamente aprumar a mesa para eles, para que ela parasse com aquele movimento, mas agora não mais. Marcus tinha certeza de que deviam ligar para os parentes de São Paulo, mas Raquel disse que eles não dariam aquela soma de dinheiro. Disse que a mãe não telefonava para eles há tempos. Marcus inclinou a mesa e disse que a alternativa era passar as mensagens de Flamenguinho para a mídia e ver se a cobertura o assustava e o fazia recuar, mas Raquel disse que Marcus era ingênuo. Disse que a mídia sempre fazia uma novela de cada sequestro e que aquilo não resolvia nada. As notícias no Brasil, ela disse, são feitas por um bando de idiotas que adora sindicatos. Marcus pediu para que ela não começasse com mais uma de suas tiradas e ela o mandou para o inferno.

No silêncio tenso que se seguiu, Emma manteve os olhos baixos e as mãos pousadas no colo. Não conseguia pensar em nada para dizer e sabia que eles também não lhe perguntariam, o que a deixou livre para entrar em pânico a respeito da chegada de Miles em Salvador dentro das próximas nove horas. Depois de aterrissar, a primeira coisa que ele faria seria se dirigir para o hotel e daí para o quarto dela. Eram fatos que ela ainda teria que transmitir em português para o filho de sua autora.

Ouviu Marcus empurrar a cadeira para trás. Mais alguém quer uma caipirinha? Emma não estava certa de conseguir colocar álcool no estômago a essa hora da manhã, mas ainda assim concordou com a cabeça. Na ausência de Marcus, tornou-se consciente dos movimentos de um pé ou joelho de Raquel — de alguma parte dela — que batia freneticamente contra uma das pernas da mesa.

Quando uma brisa soprou o guardanapo de Emma para a beirada, Raquel o espremeu contra a mesa como se fosse um inseto. Você devia ter me ligado no instante em que ele chegou, ela disse. É o meu irmão.

Mas eram duas da manhã. Tão tarde.

Você mostrou para ele os papéis de mamãe?

Eu comentei com ele a respeito, mas...

Me devolve o manuscrito.

Raquel arrancou os papéis das mãos de Emma antes que ela pudesse colocá-los sobre a mesa. Vamos deixar isso claro, está bem? Se minha mãe nunca mais aparecer, você pode encontrar outra pessoa com quem trair seu marido, e qualquer outro livro para traduzir. Esta é a minha família.

Emma abriu a boca para dizer que não era casada, que seria fiel ao trabalho de Beatriz para o resto da vida, quando alguma coisa aconteceu no interior do café. Um bando de caras enormes entrou, com movimentos tão escuros e rápidos que era como se uma colônia de morcegos tivesse invadido o lugar.

Alguma coisa guinchou.

Alguém gritou.

Quando Emma e Raquel correram para dentro do café, tudo o que restava de Marcus era um copo de vidro despedaçado sobre o balcão e a caipirinha derramada. Sobre o chão, uma poça de gelo e limão.

Rocha gesticulou para que o garçom retirasse sua caipirinha da mesa. As rodelas de limão estavam cobertas de sujeira. Ultrajante. O Aram Yamí não lavava as frutas apropriadamente antes de servi-las? Não tinham parâmetros básicos de higiene?

Me desculpe, senhor, disse o garçom.

Rocha virou o rosto com repugnância até que o copo ofensivo tivesse desaparecido. Naquelas poucas horas que lhe restavam em Salvador antes de voltar para o Rio, tinha se sentido cada vez mais furioso consigo. Só um homem atrapalhado e desesperado viajaria tanto para encontrar uma escritora que não publicava havia vinte anos. Nunca conseguiria convencer Beatriz a fazer nada que ela mesma não quisesse. Ninguém conseguiria. Ela só tinha lhe escrito pelo dinheiro. Não tinha motivos para crer que ela lhe entregaria um manuscrito somente por que ele havia pago a conta do hotel, ou sequer que tivesse um manuscrito acabado a ponto de ser entregue a qualquer um.

Fora acertado reservar sua passagem para aquela tarde. Até lá, talvez desse uma volta pelas ruas atrás de um pacote de balas de hortelã. Tinha que fazer algo que se assemelhasse a um exercício para que não tivesse que mentir para Alessandro quando voltasse.

Parou na recepção do Aram Yamí para perguntar, só mais uma vez, se alguém o tinha procurado.

Sim, senhor Roberto, disse a recepcionista. Duas mulheres apareceram cerca de meia hora atrás e pediram para que o senhor retornasse nesse número de telefone o mais rápido possível.

A recepcionista entregou a ele o envelope com o timbre do Hotel Aram Yamí no qual havia um *post-it* dobrado onde estavam escritos apenas números. Até que enfim. Encontraram Beatriz.

Uma sensação de formigamento se alastrou pela mente de Emma quando entrou novamente no Aram Yamí. Na recepção, ela teve dificuldade em se lembrar do primeiro nome de Rocha e gaguejou quando pronunciou o próprio nome. Ao seu lado, Raquel chorava e fazia chamadas frenéticas no celular. No elevador, o telefone perdeu o sinal e Raquel se agarrou ao braço de Emma como um cego.

Podem estar arrancando a orelha do meu irmão agora mesmo, disse Raquel. Ele pode ter uma hemorragia enquanto estamos aqui paradas neste elevador. Talvez eles deixem Marcus no porta-malas de um carro até que ele sufoque de calor.

Isso não vai acontecer, Emma garantiu, como se estivesse falando de um livro sobre o qual vinha dando aulas há anos. Como se não houvesse ninguém para falar de sequestros com mais conhecimento de causa do que uma devotada tradutora.

O elevador deu sinal.

Sua porta de madeira deslizou e abriu.

No corredor silencioso de carpete azul que levava ao quarto de Rocha, Emma pensou no próprio quarto de hotel, nas roupas de Marcus esperando por ela, largadas sobre a cadeira e escrivaninha, na escova de dentes dele ao lado da pia, o romance de Beatriz ainda aberto contra a cama na página que tinham parado de ler pela manhã. Pensou em Miles chegando, impossivelmente, dentro de cinco horas e meia.

Emma, continue andando. Não é essa porta.

Só preciso de um segundo.

Mas Rocha as tinha escutado e apareceu no corredor. Tudo bem, descanse um pouco, ele disse. Não há nada de errado em hesitar um pouco antes de caçar um homem atrás de sua fortuna.

Hesitação: do latim *haerere*, de aderir ou agarrar. Um atraso devido a uma dúvida mental, como em: *A tradutora não hesitou antes de aceitar traduzir o novo livro de sua autora, ou antes de declarar que seu projeto de vida era trabalhar pelo reconhecimento da referida autora, uma identidade à qual aderira até que, num certo corredor, ela hesitou.*

O quarto de Rocha era imaculado. Ele não deixara nenhuma peça de roupa à vista, nenhum pijama volumoso na cama, uma meia, nem mesmo um par de sapatos no chão. Ao lado da cama, os únicos lugares para se sentar eram duas poltronas duras, estampadas com motivos indianos. Rocha afundou em uma e Raquel na outra. Tinha sido Raquel quem insistira para que eles se encontrassem ali, no quarto de Rocha, para se certificar de que não seriam espionados. Com as duas poltronas ocupadas, Emma foi deixada pairando ao largo da conversa. Não era uma posição desconhecida ou mesmo sem benefícios. Presente, mas ignorada, não teria que se pronunciar. Não significava que não poderia, no entanto. Ou que, no tempo certo, sua influência não poderia se mostrar significativa, ou mesmo crucial.

Raquel, querida, Rocha estava dizendo, se eu te der a quantia do resgate, essas hienas vão saber que você encontrou uma fonte de dinheiro alto. Vão apenas continuar se banqueteando com você por mais dinheiro.

Mas a gente vai te pagar de volta. Só estou pedindo um empréstimo. Eles estão com o meu irmão, pelo amor de Deus. Puta que o pariu! Raquel esconjurou e soltou um grunhido tão triste e primitivo que Emma percebeu um vacilo no rosto de Rocha e pensou, Agora.

E se, em vez de empréstimo, ela falou, fosse então um negócio? Se em troca do dinheiro para o resgate nós pudéssemos oferecer a você, Roberto, um manuscrito inédito de Beatriz?

Ao som da palavra "manuscrito", Raquel e Rocha se empertigaram na poltrona como se um tremor tivesse atravessado o quarto.

Pensei que ela estivesse bloqueada na escrita do livro novo, ele disse.

Ela tem mais de duzentas páginas.

Mas elas ainda são muito pessoais, disse Raquel. São só um apanhado de cenas. Ela fulminou Emma com o olhar, mas Rocha já tinha virado seu corpo rotundo ao limite permitido pela poltrona.

E o manuscrito está aqui, em Salvador?

Está aqui neste quarto, disse Emma. Se você escrever o cheque, pode ter ele agora mesmo.

Não, ele não pode, disse Raquel, mas Emma a ignorou. O rosto de Rocha tinha um brilho quente, os olhos flamejando na face redonda como um par de velas dentro de uma abóbora entalhada.

Obviamente, algo tem que ser feito pelo pobre Marcus, disse Rocha, mas setenta e cinco mil dólares...

Podemos levar o manuscrito para a Alfaguara ou outra editora se você não estiver interessado, disse Emma. Raquel bufou na outra poltrona, mas era agora presença ignorada.

Que tal cinquenta? Rocha arriscou.

Oitenta, disse Emma. Como toda a atenção da mídia esse livro vai vender imediatamente.

Rocha se recostou na poltrona e Emma sentiu que as fichas começavam a deslizar em sua direção. Controlou a expressão do rosto para se manter impassível, controlou os pensamentos para que não voltassem a Marcus se debruçando sobre a sua coxa no táxi, a Marcus montando sobre ela na cama.

Você deve conhecer aquele microconto dela, "O velho e seu livro", disse Rocha.

Eu o traduzi em uma noite, disse Emma. Era uma história curta, de não mais do que uma centena de palavras. Um velho se deitava na cama com o único livro que possuiu na vida e percebia que um fungo azul começava a cobrir as palavras. O homem tentava raspar o fungo com as unhas. Sabia as frases de cor, mas ainda assim abria o livro pelo prazer das letras, de vê-las formando as palavras que já conhecia. Quando alguém do vilarejo encontrou o velho morto em sua cama, já não era possível distinguir onde começavam os fungos das páginas e terminavam as mãos azuis do velho.

Pensei que *Para R* quisesse dizer Raquel, disse Emma, mas a história é para você. Para as suas mãos.

Rocha alcançou a bolsa ao lado dos pés em forma de garras da poltrona e Emma percebeu que estava prendendo a respiração.

Ah, sim, ele ainda respirava. Ainda estava vivo. Ninguém ia bater os pregos no caixão de Roberto Rocha e da Editora Alpha tão cedo. No avião, fez tantas notas e edições no manuscrito de Beatriz que suas duas canetas ficaram sem tinta, obrigando-o a pedir outra à aeromoça e trabalhar com o utensílio de escrita mais imprestável possível.

Os rascunhos que ele viu de Beatriz trinta anos atrás tinham sido como esse, com cada lampejo de brilho soterrado em páginas e páginas de excessos e repetições. A tradutora tinha sido astuta em negociar daquela maneira, mas Rocha não se sentiu enganado. Tinha trabalhado com Beatriz em inúmeras histórias para saber que algo sublime estava enterrado ali. Era questão apenas de burilar. Quando o avião começou os procedimentos para aterrissar no Aeroporto Internacional do Galeão, tinha encontrado uma saída: a história estava nas mudanças. O que precisava fazer era limpar tudo exceto os detalhes que se alteravam a cada versão. A beleza da história era a sua futilidade, a falência devastadora das tentativas da autora em rememorar um estupro e suas consequências com a simples mudança do tecido de um vestido ou do prato de entrada à mesa.

Com Beatriz desaparecida, os críticos especulariam até a exaustão se a cena no Cine Paissandu era ou não autobiográfica. Alessandro se escandalizaria com o valor que ele tinha pago pelo manuscrito, mas o que era o dinheiro se não algo para interromper a mutilação do rosto de um garoto e sua possível morte? Qual o sentido de ser um editor se não podia ter um manuscrito como este à sua frente, se os seus dias não continham nada além de frases irritantes, que não arriscavam nada, não perguntavam nada, não compreendiam nada e só precisavam de tinta em um livro que não proporcionava emoção real alguma, nenhum desconforto genuíno, nem mesmo no editor que o publicava?

Rocha recolheu a última castanha de caju engordurada do kit de alimentação distribuído à bordo e amassou a embalagem como um resto de história descartada. Com a outra mão, pôs a espuma do café a girar numa espiral.

O mundo, de acordo com Beatriz, não abria exceções para os apaixonados. Uma enchente provavelmente arrastaria dois amantes devotados na sua cama tanto quanto uma casa cheia de teias de aranha. Um mosquito com dengue podia morder tanto o dorso da mão de um homem que beija sua esposa como o joelho de um político que esconde o cofre da cidade no seu próprio armário.

E o mundo não abriu nenhuma exceção para Marcus. Emma tinha dormido com ele, lido o livro de sua mãe com ele deitado tão perto dela que podia ouvir seu coração. Nada disso o mantivera a salvo. Elas transferiram o dinheiro de Rocha para Flamenguinho imediatamente, mas quando ela voltou para o hotel, às quatro, havia uma caixa de sapatos dentro de uma sacola plástica esperando por ela na recepção. Era uma caixa laranja com o logo da Nike no topo. Dentro, alguém tinha deixado um bilhete e um saco plástico do tamanho de um sanduíche. Dentro dele estava a orelha com sangue coagulado que ela tinha beijado tão recentemente que podia ainda sentir o gosto na língua.

O mundo não abria exceções para os amantes. Recriara essa frase em inglês e a tinha lido com um sentimento de grande importância num congresso sobre literatura luso-brasileira em Minneapolis e numa leitura na Barnes & Noble de Squirrel Hill. Para cravar a tradução, tinha murmurado repetidas vezes essa frase, determinada a manter a beleza rara de sua música, o tom sombrio.

No entanto, recordando a passagem agora, sentiu-se surda à sua beleza. Só registrava a sua desolação. Sentiu-a com todas as partes de seu corpo que podiam doer e rasgar. Porque o mundo não parava para os apaixonados, Beatriz tinha escrito, os apaixonados não tinham obrigação de parar para o mundo ou para a chuva, para o começo de uma guerra ou por seu término. E não havia nada a fazer a respeito dos amantes no quarto ao lado de Emma agora, o som da cabeceira da cama batendo contra a parede enquanto ela permanecia ali sentada, tremendo.

Mesmo mutilada, a carne ressecada da orelha de Marcus parecia especial, obviamente pertencendo a uma forma humana singular, da mesma forma como o bilhete escrito a mão era inexoravelmente humano nas curvas inconsistentes de suas letras e na demência de suas linhas:

TEU AMORZINHO CHORA FEITO
UMA MENININHA.
TU PODE CONSEGUIR
MAIS QUARENTA, TRADUTORA.
MANDA ATÉ A MEIA-NOITE
OU TE MANDO UM PEDAÇO
DA OUTRA ORELHA.
MANDA O DINHEIRO AGORA
E TU RECEBE O TEU
AMORZINHO
AMANHÃ.

Emma traduziu o bilhete inúmeras vezes, como se houvesse uma chance de que se ela se debruçasse sobre ele repetidamente acabaria produzindo uma versão menos assustadora, ou então que pudesse alterar seu conteúdo para algo ligeiramente diferente como, por exemplo, que Marcus não estivesse amarrado em algum lugar chorando de dor ou até mesmo inconsciente a essa altura. Eles devem ter improvisado uma atadura para a ferida na cabeça de Marcus. Se o deixassem sangrar até a morte ou pegar uma infecção, aí não haveria dinheiro algum. Estava quase certa de que era assim que os sequestros funcionavam.

Sentiu saudades de Pittsburgh pela primeira vez desde que chegou ao Brasil, dos livros organizados em ordem alfabética sobre sua escrivaninha e do miado carente dos seus gatos, choros que exigiam nada além de um abridor de latas e um pouco de ração para acabar com o problema.

Sentiu saudades da sala de aula, da pasta de atendimento dos alunos meticulosamente organizada. Até mesmo do péssimo escritório compartilhado ela sentiu saudades, de estar sentada em um lugar onde a paixão não fosse mais do que uma conversa, uma postura a ser defendida atrás de uma mesa com uma xícara de chá.

Se Miles se importava tanto a ponto de vir atrás dela, talvez fosse tola de não voltar junto com ele. O que ela estava fazendo ali, segurando a orelha desse outro homem? Não sabia se estava apaixonada por Marcus. Por ora, isso era matéria sem importância.

Matéria: Da palavra latina que designa a madeira de uma árvore, derivada de *mater*, mãe. **1**. Algo que pode ser percebido por um ou mais sentidos — uma orelha, por exemplo, quando vista por um olho. **2**. Algo a que uma pessoa possa se referir sem ter que nomear, como em: *Uma mulher encarou a matéria em seu colo*.

Emma trocou o fone de uma orelha para a outra enquanto esperava para contar a notícia a Raquel. Mas de qualquer maneira que segurasse o telefone, sentia-se terrivelmente consciente das próprias orelhas quentes, achatadas contra sua cabeça.

Raquel, você está aí? Será que eu devo ler... Seria melhor se... Seu conhecimento de português pareceu, de repente, irremediavelmente inadequado. Do outro lado da linha, ouviu água escorrendo, soluços, alguma coisa ressoando contra a porcelana de uma pia.

Quanto mais eles querem? Raquel foi dura ao telefone.
Quarenta.
Liga para o Rocha.
E você vai ligar para a polícia?
Foda-se a polícia, Emma! Ave Maria. Eles nunca acham ninguém que é sequestrado. Só vão vender a história pros jornais. Policiais recebem um salário de merda aqui. Esse não é o seu país, combinado? Entendeu? Você não faz ideia do que está acontecendo! Raquel gritava agora e Emma não sabia o que fazer senão continuar escutando e olhando para a orelha de Marcus dentro da caixa de sapatos.

No quarto ao lado os amantes tinham ligado o chuveiro e a mulher cantava "O que você quer saber de verdade", de Marisa Monte, num falsete esganiçado e estridente. Emma desejaria lhes pedir para que mudassem de quarto, já que ela não podia deixar o seu. E se Marcus conseguisse escapar e chegasse até ali cambaleando, a mão tapando a ferida sangrenta que se abrira onde antes havia uma orelha? Para descobrir que era a esquerda, ela teve que imaginar a beirada coagulada e atrofiada da orelha contra seu próprio rosto, de que lado se encaixaria em sua cabeça.

Você fala com o Rocha, disse Raquel. Liga pra ele agora.

Emma disse que sim, ligaria imediatamente. Quando Rocha hesitou a respeito do montante, ela apertou a caixa do Nike contra o seu corpo e disse que Raquel tinha chegado a um acordo com Flamenguinho. Inicialmente ele havia pedido sessenta mil, Emma mentiu, mas nós dissemos que só conseguiríamos dar mais quarenta mil e ele disse que era o suficiente.

Ou isso é o que ele está dizendo até que vocês enviem o dinheiro.

Ele já baixou o valor que estava pedindo antes. O rosto de Emma corou com sua audácia. Mas o que mais ela podia fazer? Histórias audaciosas é que a tinham levado a aprender português. Histórias audaciosas é que tinham levado Rocha até Salvador.

Emma perguntou se ele tinha outra sugestão. Se pensava que era mesmo uma opção esperar até que o homem enviasse a outra orelha de Marcus amanhã.

Não, é claro que não. Vou transferir o dinheiro para a conta de Raquel mais uma vez. Espero que você esteja certa de que esse é o fim da história.

Obrigada. Emma agradeceu, sentindo o retinir ianque do seu sotaque de uma maneira que não ouvia há anos. Tinha aprendido português tarde demais para conseguir pronunciar corretamente os *erres*. Era inevitável, sempre que falava palavras com *erre*, disparava saraivadas de erros.

Duas mulheres que implicavam uma com a outra, sem parar, se abraçaram na beira da cama de hotel como irmãs. Por algum tempo ficaram assim, debruçadas sobre um celular, esperando surgir o alerta de um novo e-mail. Enquanto olhavam a tela, uma das mulheres pensou num conto que a mãe da outra mulher havia escrito. Era sobre uma tribo em que ninguém olhava o outro nos olhos, acreditando que tal prevenção pudesse evitar a chegada das onças. Depois de um ataque ocasional, o animal escapou carregando um bebê entre as presas, as mulheres começaram a se encontrar nas sombras para moer a mandioca e a manter os olhos baixos, intencionalmente. Murmuravam alguma coisa sobre o calor, atentas ao julgamento nas vozes das outras mulheres.

Na beirada da cama de hotel, as duas mulheres se comportavam da mesma maneira e tentavam não erguer os olhos do telefone quando percebiam que a outra tinha acabado de fazê-lo. Como é da natureza das coisas que se tentam evitar, acabou acontecendo de qualquer jeito. As duas ergueram os olhos ao mesmo tempo, os rostos tão próximos que não havia opção senão encararem as pupilas dilatadas uma da outra. Viram a pele frouxa das pálpebras, as rugas se incrustando na testa. Estavam as duas com trinta e poucos anos e, como em qualquer idade, eram onças.

Viram isso nos olhos uma da outra e viraram o rosto.

Para: raquel.yagoda@gmail.com.br
Assunto: obrigado você

PEGUEI O DINHEIRO, MANINHA.

MANDO O ENDEREÇO DO BECO LOGO MAIS. ALGUÉM VAI TE ENCONTRAR LÁ AMANHÃ, COM TEU IRMÃO.

PODE VIR COM A TUA AMERICANAZINHA. MAIS NINGUÉM. TENHO CONTATOS QUE VOCÊ NÃO TEM. CHAMA OS VERME E TU JÁ ERA.

Mais uma vez Raquel se viu jantando como nos Estados Unidos, no horário ainda sufocante das seis da tarde. Os únicos brasileiros por perto eram os funcionários do restaurante. Todos os clientes eram turistas, muitos dos quais, Raquel percebeu, pareciam não se dar conta de que seguiam raspando os garfos contra os pratos. Emma insistiu nesse horário irritante sob o pretexto de que tinha que estar deitada impreterivelmente às oito e ficou conferindo o horário neuroticamente.

Do jeito que Emma estava entornando caipirinhas, no entanto, Raquel não sabia nem se ela chegaria até o quarto. Por que você não procura relaxar um pouco? Raquel disse a ela. Temos um encontro marcado já. Fizemos tudo o que podíamos.

Mas e se minha mentira a Rocha não funcionar? E se bem na hora de nos encontrarmos para resgatar Marcus eles pedirem mais dinheiro? Poderia acontecer. Emma virou o resto da bebida. Nas refeições anteriores, Emma apenas bebericara, levando a borda do copo aos lábios com a hesitação de um beija-flor no bebedouro. Raquel achava que aquele jeito inibido de beber diminuía um pouco o prazer de seu próprio drink. Mas olhar para Emma agora, engolindo a terceira caipirinha como se fosse um copo d'água, era ainda mais perturbador.

Emma, vai mais devagar, por favor? Raquel se inclinou para ela. Flamenguinho vai conseguir o dinheiro dele. Precisamos nos comportar como se acreditássemos que ele vai fazer aquilo que concordou fazer amanhã. Se você for ficar nervosa desse jeito, melhor nem ir.

Ao beco? Eu tenho que ir com você. É muito perigoso você aparecer lá sozinha.

Raquel estava preocupada que o oposto fosse verdade, mas não disse nada. Como se ter Emma ao seu lado representasse uma desvantagem extra. Antes do jantar, Raquel ligou para Thiago pedindo conselho. Ele disse que os sequestradores no Brasil geralmente não se metiam com os gringos e que ele mesmo não tinha muita paciência com esses branquelos desgraçados. Estava mais preocupado com Raquel, ele disse, e queria que ela ligasse para o primo de um primo. Ele é o Hertz das armas, Thiago explicou. Aluga por dia. E tem uma pistola feminina separada para você aí em Salvador que é tão fácil de mandar fogo quanto um isqueiro.

Raquel perguntou quanto uma coisa daquelas custaria.

Mulher, se liga. Ele não vai te cobrar, Thiago contou. O homem é família, e me deve um favor.

Emma se vestiu com o único vestido limpo que restava. Colocou os brincos de filigrana que ela escolhera online para que Miles comprasse em seu último aniversário. Usou o creme de mãos e cortou as cutículas, se preparando como uma adolescente porque aquilo ocupava os minutos e ela estava mesmo embriagada, mas também porque não conseguia decidir o que fazer com as coisas de Marcus, se devia escondê-las no armário.

Até agora ela vinha se desviando da cueca boxer vermelha que Marcus tinha largado no chão. A cueca ainda estava embolada com um de seus vestidos suados e sujos. Ela também teria que mexer na mochila dele, que ficara ali aberta, encostada contra a cama. A cada hora que passava desde o desaparecimento de Marcus, os objetos e sua disposição ganhavam mais e mais significados. Não estava certa de que podia trair a localização deles em favor de Miles.

Em tradução, esse tipo de dilema é chamado de "domesticação". Uma tradutora pode justificar o deslocamento dos objetos numa frase se isso facilitar o entendimento dos leitores. Pode até mesmo trocar um objeto por outro mais familiar para evitar confundi-los com algo incompreensível. Geralmente isso acontece com comida — com uma fruta, por exemplo, que o leitor não vai reconhecer e, portanto, não consegue imaginar sua doçura.

O problema em domesticar as coisas, no entanto, é o possível extravio da verdade. Emma se acostumara a manter esse dilema longe de si, acreditando que era experiente o bastante para saber intuitivamente o que poderia ser deslocado e o que não poderia — quando a localização de um objeto era, de fato, o seu significado.

O que talvez justifique o fato de ela ter tropeçado na cueca e ter caído de rosto contra a cômoda quando Miles bateu à porta.

Deus, Emma, você está bem?

Miles ergueu o rosto dela para ver de onde escorria o sangue, se era da testa ou do olho. Você está fedendo feito uma destilaria, ele disse. Quanto é que você anda bebendo aqui?

Emma o empurrou e entrou no banheiro, a mão cobrindo o rosto. Mesmo pressionando a ferida havia sangue o bastante para manchar as toalhas e a água que empoçava na pia. Não sentia muita dor, mas também, após quatro caipirinhas, não sentia muito de coisa alguma.

Deixa eu ver isso. Miles cresceu à sua frente, vestindo uma de suas camisetas largas da Adidas. Era mais alto e também mais determinado, muito mais decidido a fazer a coisa certa. Ela não queria que ele atestasse a gravidade da ferida, ainda que a ruga de preocupação no canto da boca de Miles fosse genuína. Ou quem sabe apenas familiar. Ou o perfume da loção pós-barba de Miles é que era familiar.

Está parando de sangrar, ele disse, mas seu olho está inchando. Você tem bebido assim a viagem toda? Agora entendi por que você perdeu completamente a noção.

Miles, por favor. Pare. Ela tentou se afastar dele, mas a privada estava bem atrás.

É que eu não entendo o que está acontecendo, ele disse. Se você acha que casar quer dizer que a gente tem que ter filhos logo, nós...

Porque tudo acaba tendo a ver com ter filhos, certo? Você é igual à sua mãe. Você reduz o mundo inteiro a essa decisão. Você acha que entende todo mundo assim, mas você não entende. É só esse seu jeito certinho que envenena tudo. Eu não aguento isso! Ela se lançou contra ele, através dele, o que quer que precisasse fazer para sair do banheiro. Mas ele continuou colado nela, negando suas acusações, até que saíram do banheiro e chegaram à cueca vermelha embolada no piso com seu vestido de verão.

De quem é?

Do Marcus.

O filho dela?

Emma reparou nos músculos se retesando ao redor da boca de Miles enquanto ele varria o quarto com os olhos à procura de outras evidências de sua traição. E ali estavam elas: a boca escancarada da mochila, o calção de praia verde listrado ao lado da mesinha de cabeceira, a camiseta suada de Marcus jogada no chão.

Miles fez um movimento para se agachar e Emma saltou para agarrar a mochila antes que ele pudesse alcançá-la. Mas não era isso que Miles procurava. Ele pegou o caderno que estava na cama e o agitou no ar.

Esse filho da puta também é escritor, agora? Ele gritou. É por isso que você está ficando com ele? Assim ele vai deixar que você o traduza depois? Você é patética demais, Emma.

Ele não escreve. É meu. Ela esticou o braço para pegar o caderno, mas Miles o levantou ainda mais, mantendo-o fora de seu alcance.

Como assim, é seu? Você não percebe que está se sabotando por coisas que você nem mesmo escreve? Quem é que se importa com essas histórias bizarras? É sério, você não percebe?

Com o caderno ainda erguido acima da cabeça, ele abriu numa página e voltou o rosto para ler em voz alta. Ela escalou a cama para pegar o caderno, mas ele se afastou.

No criado-mudo, o telefone do hotel soou e deixou os dois alarmados. Era Raquel ligando com a notícia de que Flamenguinho ia soltar Marcus dali a uma hora. Se você quer estar lá, ela disse a Emma, tem que entrar num táxi imediatamente.

Naquela confusão, Emma percebeu que Miles tinha abaixado o caderno e ela o arrancou de suas mãos. Você pode soletrar o nome da rua?, perguntou a Raquel, enquanto escrevia o endereço logo abaixo da passagem que estivera a ponto de completar, ela, a eterna tradutora erguendo o espelho que o júri tinha finalmente colocado em suas mãos.

Entrar num beco, no escuro.

Ter de repetir esse roteiro e tentar se convencer de que não é o mesmo. Não existe apenas uma maneira de uma mulher entrar num beco. Ela não seria o ratinho cinza que docilmente se entrega às presas da cobra. Graças a Thiago, desta vez seria diferente. Se você tiver que usá-la, use-a, ele tinha dito. As balas desse revólver não são rastreáveis.

No quarto de hotel, Raquel empunhou o revólver uma última vez e se sentiu confortada com o peso da arma. Deslizou rápida e gentilmente o cano por sobre o braço. Corando, o aninhou de volta dentro da bolsa.

Emma abriu a porta com as sandálias ainda desafiveladas. Não tinha tempo para se importar com fechos agora, não com Miles pressionando, na porta, dizendo que se ela deixasse aquele quarto seria o fim deles.

Eu viajei até aqui, ele disse.

Ela respondeu que tinha viajado o mesmo tanto e que sentia muito por ter ido noutra direção. Disse a Miles que se sentia envergonhada de estar fazendo aquilo com ele. Tinham corrido lado a lado por cinco anos, pareando a respiração por toda a considerável extensão da cidade industrial evanescente em que moravam. Respirar aquele tanto ao lado de alguém por tantos quilômetros tinha sido radical. No entanto, assim como costuma acontecer com os empenhos radicais, as corridas tinham se tornado opressivas. Após certo ponto, deixaram de rir e não mais paravam para observar os pássaros na ponte. Nunca se deixavam ficar na cama em vez de correr, nunca liam um para o outro. Apenas seguiam com aquilo, cada vez mais obsessivos, parando apenas para se reidratar ou por uma dor eventual. Emma sabia que, muito provavelmente, ela estava se encaminhando para outras misérias, ainda mais severas, mas não podia considerá-las agora.

Sinto muito, Miles, de verdade, ela disse mais uma vez enquanto fechava a porta, já no corredor.

Na ausência dela, Miles não sabia o que fazer. Pensou na varanda ligeiramente inclinada na frente da casa deles. No carteiro, Alton, chegando todos os dias e passando os catálogos de compras e contas por baixo da porta. Nos gatos, solitários e inquietos, escalando a pilha crescente de correspondências. Emma não podia estar falando sério. Se pudesse convencê-la a ir embora dali, ela se daria conta disso imediatamente.

Pegou o spray de limpeza e começou a limpar a sujeira dos óculos escuros de Emma. Estavam numa situação lamentável. Algumas das crostas eram tão espessas que ele teve de raspá-las com a unha, mas estava certo de que ia conseguir removê-las.

Foi o que fez — com todas, menos uma.

A única luz no beco era a da lua. O bastante para lançar um brilho vago sobre os monturos ao lado dos contêineres de lixo. Emma ouviu o som de alguma coisa rastejando e então uma suave batida, mas não podia ver que tipo de criatura os tinha produzido — o movimento de um rato ou algo muito maior. Os montes de sujeira cheiravam a tudo aquilo que vai parar nos becos: comida estragada e fezes frescas, os fedores se misturando e tornando-se cada vez mais tóxicos com o calor.

Eu sei que você acha que é uma péssima ideia, Emma sussurrou para Raquel, mas nós ainda podemos chamar a...

Raquel tampou a boca de Emma para fazê-la calar e então segurou sua mão. Emma pensou que Raquel procurava consolá-la, mas ela enfiou seus dedos dentro da bolsa de couro que carregava e Emma sentiu o objeto metálico em seu interior.

Oh, God, ela exclamou em inglês, e todo o terror que ela vinha negando em português se desatou dentro dela. Tinha atravessado uma linha importante ao estar ali. Raquel oferecera tantas chances para que recuasse, mas ela continuava se envolvendo mais e mais, enganando Rocha e seu dinheiro. Fazia aquilo por Marcus, mas será que não havia também (e, sim, havia) a tentação para fazer isso, para pelo menos uma vez na vida ir até o limite, para...

Clap!

Uma porta se abriu atrás do contêiner à direita delas. Raquel apertou o braço de Emma quando as baratas correram para o meio do beco, rastejando por sobre as sandálias de Marcus enquanto ele cambaleava para fora da porta. A camiseta de Marcus estava marrom de sangue ressecado e havia alguma coisa presa à cabeça dele. Um saco de pano, amarrado em torno do pescoço com uma corda fina.

Raquel correu até ele, e Emma se segurou para deixá-los se abraçarem primeiro. Ou talvez porque ela já tinha visto a sombra do homem surgindo atrás de Marcus, sua silhueta crescendo, seu braço descendo até a cintura em busca de...

O clique doentio
de um gatilho

    o primeiro estrondo e o saco parado
    Marcus escorregando no lixo
    as embalagens e as baratas
    a venda no seu rosto

    a natureza das sombras
    sendo a falta de detalhes
    a impossibilidade de saber quão próxima e grande e

Marcus chamando

    Raquel se contorcendo entre os braços do homem

Emma contra a parede pensando em quando se
        mover e se

Se há um revólver na mesa
Ele deve disparar

    Mas se o revólver está numa bolsa
    Se são dois os revólveres
    E o protagonista não está com nenhum deles

Se o grafite é vermelho e grande
na parede oposta

LUÍSA FLAKS VOCÊ FOI A ÚNICA
A ÚNICA A ÚNICA

    Ou talvez a parede mostrasse outro nome
    Ou nenhum nome   só uma teia de linhas que
          pareciam letras
    Sua mente preenchendo os espaços como num

Raquel sentiu o cheiro de bacalhau naqueles dedos
          mordeu
          a palma grossa da mão

      até que os dentes rasgaram a pele
      até que provou em que camada
      debaixo da pele
      o sangue dele
         começava a
e ele começou a

          ela nunca foi estonteante
          nunca foi reverenciada em público
          mas tampouco fraca   nunca esquiva
          nunca louca

                    desaparecida

o homem às suas costas
agarrou seus cabelos
puxou a cabeça para trás
        se há um revólver na bolsa
        de balas não rastreáveis

seu dedo se dobrou
e o gatilho respondeu

Emma sentiu como se a bala ricocheteasse através do seu corpo, o disparo da explosão detonando dentro de sua cabeça. Mas ainda estava de pé, ainda apoiada contra a parede de tijolos, ainda consciente o bastante para ver o homem de Flamenguinho abrir a mesma porta e desaparecer.

Pelo beco subiu uma nuvem de fumaça, escapando do lixo, liberando partículas de plástico e papelão queimados e outra onda de baratas. A poucos metros do saco fumegante, Marcus se contorcia deitado de costas, agarrado à perna, e Emma, dessa vez, não levou Raquel em consideração. Correu até ele, mas Raquel estava mais perto e chegou antes, empurrando-a com o braço, Fica longe!, ela gritou para Emma. Acabei de atirar no meu próprio irmão, pelo amor de Deus.

Emma se agachou ao lado de Marcus mesmo assim, tentou desfazer o nó do saco de pano que lhe cobria a cabeça, mas Marcus se debatia e o nó estava firme. Um lado de sua bermuda escurecia de sangue e a cada vez que estremecia o sangue escorria mais rápido. Temos que fazer um torniquete, ela disse. Podemos usar minha regata. Começou a tirá-la, mas Raquel disse que parasse.

Se afasta, insistiu Raquel, tirando uma tiara de algodão da bolsa. Enquanto ela a amarrava em torno da perna de Marcus, Emma sentiu algo escalando sua perna e achou que estava imaginando coisas por olhar com tanto medo para a poça de sangue no chão ao lado de Marcus. Então o rato moveu a cauda lisa contra sua mão e ela gritou.

Eu disse cai fora! Raquel gritou de novo e desta vez Emma obedeceu. Quando a ambulância chegou e os paramédicos desceram, ela permaneceu onde estava. Raquel deu todas as explicações. Com tanta gente falando ao mesmo tempo, Emma só conseguia entender trechos do que era dito. Componentes metálicos não paravam de estalar na maca. Alguém finalmente cortou o saco de pano e ela viu o estado horrível e inchado do rosto de Marcus antes que ele se virasse e Raquel entrasse na ambulância atrás dos paramédicos e não havia mais nada a fazer senão recuar muda e observar. Emma conhecia a distância — o quanto recuar para ser respeitosa e, ao mesmo tempo estar presente. Continuar à disposição ainda que em silêncio. Retirar-se sem alarde até que fosse descartada contra as paredes imundas do beco.

Mais uma vez, meus amigos, Beatriz Yagoda deu um chute no traseiro da literatura brasileira. Podemos não saber onde está, mas aqui na Rádio Globo acabamos de saber que ela tem um novo livro saindo, e isso quer dizer que alguém sabe onde ela está se escondendo.

A fila por um exemplar vai dar uma cobra gigantesca e vai vender como água. Então, faça um favor a si mesmo, meu amigo: ponha uma roupa e vá até a Livraria da Travessa agora mesmo. Ou você pode esquecer a roupa e chegar lá mais rápido. Mas, se for preso ou assediado enquanto lê pelado no ônibus, bem, o problema é seu.

Todas as imagens já estavam lá. Só o que Rocha teve que fazer foi dar a cada uma delas o espaço necessário. Ou pelo menos foi isso que explicou aos jornalistas das revistas que tinham recebido provas do novo livro e ligavam insistentemente, tentando forçá-lo a revelar onde estava Beatriz. Não teve problema algum em se deliciar perversamente com a sonegação de informação. Havia arte na evasiva elegante de uma resposta. Mas ficava nervoso quando as perguntas eram sobre o livro em si, sobre o quanto ele tinha trabalhado nele com Beatriz. Não conseguia se lembrar com precisão do que tinha feito com o manuscrito durante a viagem de avião na volta de Salvador. Em sua mente havia apenas o êxtase daquelas horas, a emoção de estar nas alturas com sua caneta, editando cada passagem até sua perfeição intrínseca.

Até mesmo aquela sensação parecia doentia agora, quando se viu parado, no saguão de mármore altamente refrigerado de seu prédio, com o pacote que alguém tinha deixado para ele mais cedo, naquela manhã. Dentro do pacote, envolto em plástico bolha, havia uma faca barata, a lâmina coberta por uma crosta de sangue, e o seguinte bilhete:

BOA TARDE, PAIZINHO
ESTAMOS QUASE LÁ
200 MIL DÓLAR MAIS
E EU DEIXO TEU AMIGO VIADINHO
DA BICICLETA VERMELHA
EM PAZ

Amassando o bilhete, Rocha estremeceu. Com mais de cem quilos, não era algo que seu corpo fizesse com facilidade, mas suas pernas tremiam e ele não conseguia fazê-las parar. Alessandro tinha alertado que uma vez o livro publicado, seria apenas questão de tempo até que o agiota encontrasse a fonte do dinheiro, quem estava levando o balde até o poço e voltando com ele cheio. Mas o agiota era um tolo brutamontes e ignorante. Um agiota não sabia nada de literatura, o que um editor estaria disposto a fazer por uma autora que justificava todos os dias de trabalho entocado em um escritório.

Ou talvez tivesse sido ele o tolo, imaginando que poderia comprar a liberdade de Marcus e então desaparecer. Aquilo era só o começo. O prefácio para quem sabe quantos outros sequestros — Alessandro, naquela mesma tarde, ou amanhã pela manhã, cada minuto que passavam em público distorcido pela paranoia.

Com Marcus ainda no hospital, pareceu cruel contar a Raquel sobre a nova ameaça. Mas ela era adulta e tinha sido sua mãe compulsiva a causa de tudo isso. Com o pacote numa das mãos, Rocha buscou o celular no bolso. Os pensamentos em sua cabeça chegavam com tamanha rapidez e fúria, que teve que fazer um esforço para se concentrar e ensaiar em silêncio o tom de sua própria voz sob controle.

Aqui é o Roberto, disse quando ela atendeu.

Raquel desandou imediatamente numa ladainha de detalhes: quanto tempo os médicos tinham levado para drenar a orelha de Marcus e todos os exames de sangue que tinham sido feitos, os inúmeros policiais que continuavam aparecendo. Um inspetor figurão está com ele agora, ela disse, mas Marcus não está pronto para esse tipo de interrogatório, Roberto. Eu tentei pedir ao inspetor que deixasse ele descansar. Não dá para ter os repórteres esperando por ele do lado de fora do hospital e seguindo a gente até o Rio. Quer dizer, coitado do Marcus...

Raquel, isso está fora do seu controle agora. Você precisa colaborar com a polícia. E, quem sabe? Talvez com toda a atenção da mídia eles se sintam realmente obrigados a fazer alguma coisa. Enquanto isso, recebi um pacote com uma faca imunda dentro. Está coberta de sangue e eu desconfio que seja o do seu irmão.

Nas portas de vidros imaculados que davam para a avenida Delfim Moreira, no reduto mais caro e elegante do Leblon, ele viu a própria imagem refletida, como ela se parecia tão intimamente com a de seu pai, que o havia ignorado (sobretudo após a adolescência), exceto por umas poucas tentativas esporádicas de iniciar uma conversa para lembrar a Roberto de que suas inclinações o transformariam num doente ou, no melhor dos casos, numa pessoa arrasada e sozinha.

Ouviu novamente os soluços de Raquel e disse que precisava desligar, mas que ia cuidar da situação. Para isso havia um jeito.

INSPETOR LÚCIO DOS SANTOS — Posso ver que você não está em plena forma para um interrogatório, mas você devia saber que é um rapaz de sorte. Ainda sobrou um pouco de pele para outra orelha. Em seis meses eles vão costurar uma nova, sem problemas. Vão fazer uma nova da sua própria costela, você sabia disso? Já ouviu falar em Adão e Eva?

VÍTIMA — [sem resposta]

INSPETOR SANTOS — Eu sei que sou um estranho, mas você vai ter que me dar alguma coisa. Você disse que estava vendado, mas não houve nenhum momento em que eles tiraram a venda?

VÍTIMA — Quando eles cortaram minha orelha fora. Eu já te disse isso.

INSPETOR SANTOS — E o que aconteceu então?

VÍTIMA — Eu vi o facão.

INSPETOR SANTOS — Então você deve ter visto o homem segurando o facão, certo? Você conseguiria identificá-lo numa foto?

VÍTIMA — Pra quê? O que não falta é assassino no Brasil.

INSPETOR SANTOS — Bem, temos um sistema jurídico e fazemos o melhor que podemos...

VÍTIMA — Estou esgotado.

INSPETOR SANTOS — Não tenho dúvidas quanto a isso, mas enquanto eles faziam o curativo na sua orelha, talvez você tenha visto...

vítima — Eles não fizeram curativo. Me deram umas gazes e um balde de água suja e saíram do quarto.

inspetor santos — E quando eles voltaram?

vítima — Eu desmaiei. Já disse.

inspetor santos — Certo. Bem, depois de coisas assim é difícil saber se você realmente não viu onde estava ou se não quer se lembrar novamente, me entende?

vítima — [sem resposta]

inspetor santos — Sua mãe está a par do que aconteceu com você?

vítima — [sem resposta]

inspetor santos — Tem alguma ideia de onde podemos encontrá-la?

vítima — [sem resposta]

No lago junto ao Hospital Aliança da Bahia, uma revoada de garças pousou como pétalas na água. Era o segundo dia que Raquel vinha observá-las. Havia um banco do outro lado do lago, mas já ocupado por um homem de cabelos finos e grisalhos, um livro nas mãos, e a última coisa que ela queria era se aproximar de livros e de pessoas que se importavam com eles. Quando voltassem ao Rio, todos os conhecidos estariam falando sobre o que Rocha tinha publicado e — a menos que ele pudesse colocar um fim nas ameaças de Flamenguinho — do possível sequestro de seu companheiro.

Para imprimir o livro em dois dias e distribuí-lo em algumas boas livrarias, Rocha tivera de pagar uma soma exorbitante. Ela não achava que o título dado por ele, *Depois do beco*, seria o que sua mãe teria escolhido, mas talvez fosse melhor assim. Os títulos de sua mãe sempre a tinham envergonhado com aqueles erros propositais de sentido: *Você provou as borboletas?*, *O som verde e morno de sua manga*. Como se a mãe acreditasse que podia haver beleza nos erros e em estar enganada. Mas o que havia de belo em atirar acidentalmente no próprio irmão num beco ou então na mãe apostando o dinheiro que não tinha? Onde estava a beleza no buraco cheio de crostas na cabeça de Marcus?

Quis ligar para Thiago, mas não estava disposta a ouvir piadas a respeito de sua pontaria. Do outro lado do lago, o velho no banco estava curvado atentamente sobre o livro, tão envolvido que era como se tivesse se transformado espontaneamente nas páginas em seu colo. Sua mãe lia com aquele tipo de abandono. Raquel nunca conseguira. Tinha muitas restrições para se permitir tal abandono, arriscar deixar que um livro qualquer obliterasse sua identidade tão cuidadosamente construída.

Ainda assim um livro tinha feito aquilo, e tinha sido ela a imprimi-lo do computador. Ela o tinha posto nas mãos de Rocha e agora todo mundo que conhecia saberia que não era para ela ter acontecido. Quanto tempo tinha levado para sua mãe enxergar alguma beleza naquele erro ou, pelo menos, na filha que nasceu dele?

Raquel procurou o telefone na bolsa como se a pergunta correta pudesse fazê-lo tocar.

Alessandro dormia ao seu lado há horas, mas Rocha estava nervoso demais para dormir. Tinha ligado para os dois serviços ilegais de "dedetização" que sua irmã tinha insistido para que ligasse, sem deixar, é claro, de repreendê-lo por ter posto em risco a família apenas por uma escritora qualquer que tinha problemas de jogo. Ele não pediu desculpas, nem a irmã as exigiu. Eles não eram desse tipo de família, embora ela estivesse com razão sobre Rocha ter passado dos limites. Seu erro tinha sido com a tradutora no hotel. Quando ela disse que o manuscrito de Beatriz estava ali, no quarto, e ele abanou o rabo feito um cachorro. Tinha agido com tão pouca premeditação, como um animal. Agora seu nome, o amor da sua vida, tudo o que ele tinha — estavam expostos.

Indignado, levantou da cama e entrou na cozinha. Já era quase de manhã. Agitado, repassou as correspondências fechadas do dia anterior e parou num envelope azul que não tinha percebido antes, misturado entre os outros. O carimbo dos Correios indicava Cairu, o município onde fica Boipeba, uma das ilhas do arquipélago Tinharé, na costa de Salvador. Era a ponta de ilha onde *Depois do beco* terminava — ou melhor, onde terminava a versão de Rocha para o romance. A cena que ele escolhera para a página final não era a última no documento, mas tinha certeza de que aquele era o lugar certo para terminar a história e que Beatriz concordaria. Ele deixara a mulher parada à beira do oceano, com sua filha, enquanto o homem, que não é o pai, está deitado, dormindo despreocupadamente no hotel, o sol brilhando com tamanha intensidade na areia que a mulher pede à criança para fechar os olhos.

Ficou inseguro de eliminar as páginas que vinham após aquela cena sem a permissão de Beatriz. Mas ao se lembrar agora daquele pensamento, enfiou o dedo na aba e, nervoso, rasgou a lateral do envelope. Aquela maldita mulher. Qualquer que fosse o seu pedido dessa vez, ele ia ignorar.

Abrindo a carta, saltou logo para o final da mensagem, para o nome Yolanda. Tinham discordado a respeito daquele conto antigo também. Ele achara que Beatriz só teria a chance de publicar tantas histórias de autossabotagem se estivessem reunidas em um único livro, e Yolanda era uma personagem adolescente. Achava os adolescentes muito mais irritantes na ficção do que tendiam a ser na realidade. Yolanda, em sua tola busca adolescente pela penumbra, fingia ser surda. Acabou por se entregar tão completamente a esse falso mal que não escutou, ou se recusou a escutar, os soldados se aproximando da casa da família, ou seu pai gritando para que corresse e se escondesse no silo. Ela simplesmente continuou recortando figuras das revistas da mãe, a palavra *brilho* e então um pedaço de vidraça, sua mão guiando as lâminas da tesoura tão delicadamente como se estivesse preparando o curativo de uma ferida.

Querido Roberto,
O silêncio aqui é completo.
Você estava certo, esse era o lugar
para deixar as coisas terminarem.
Por favor diga a Raquel que estarei esperando por ela.
Estou no hotel dos guarda-sóis amarelos.

Yolanda

Às quatro da manhã, Emma entrou no quarto e encontrou Miles roncando em sua cama e a cueca de Marcus no cesto de lixo. A localização da cueca era fácil de alterar. Em silêncio, ela extraiu a peça da lixeira e colocou-a na repartição interna de sua mala, fechando depois com o zíper.

A localização atual de Miles, no entanto, era mais difícil de resolver, e ela estava esgotada. Tantas horas fazendo vigília do lado de fora do centro de traumas do hospital, esperando por notícias de Marcus, tinham acabado com ela. Toda vez que uma nova enfermeira aparecia, ela perguntava por novidades e pedia à mulher que avisasse Raquel que ela ainda estava lá. Todas assentiam com a cabeça, educadamente. Uma delas finalmente cedeu e revelou que Marcus já não corria risco de vida. Por fim, pouco antes do sol nascer, Raquel apareceu. Duas cirurgias tinham sido realizadas, e uma transfusão de sangue, mas ele estava vivo, recebendo antibióticos na veia. Provavelmente ia dormir até o meio-dia. Raquel insistiu que não havia razão para Emma permanecer ali, e então Emma teve que voltar, exausta, para o hotel, ainda que tudo em seu corpo lhe dissesse que não era lá que ela deveria estar.

Durante tanto tempo tinha procurado, por vontade própria, o intervalo entre as coisas. Chegara a se imaginar condenada a viver em suspensão, flutuando entre dois países, no vapor entre duas línguas. Mas o excesso de liberdade vaporosa tinha seus próprios limites. Agora ela se sentia tão confinada a esse estado flutuante quanto outras pessoas, mais terra a terra, ficam restritas às cidades em que nasceram.

Encarou o homem roncando na cama. Tantas vezes ela se deitara sob os lençóis ao lado dele, mas suas pernas já não permitiam. Já estavam retrocedendo em direção à porta. No corredor, do lado de fora do quarto, ela se deixou cair no chão. O carpete sob a cabeça parecia duro e espinhoso como grama sintética. Mas que alternativa ela tinha? Não podia pagar por um segundo quarto. Sua conta corrente estava negativa em três dígitos e, na verdade, só o que precisava era ficar na horizontal por apenas um segundo e terminar a cena que não escrevera em seu caderno. À luz da noite, o espectro embaçado da tradutora na tribuna tinha adquirido um pouco mais de definição, talvez pelas luzes sobressalentes do tribunal. Só do que precisava para construir o seu caso, agora, era que sua autora aparecesse e testemunhasse a seu favor, que contasse ao júri...

Moça, você precisa de um médico? Você caiu?

Emma acordou com as sandálias de salto alto de alguém bem diante do seu rosto. Cerdas rígidas de grama espetavam suas bochechas e pernas. Ou talvez não, não era grama. Era carpete. Ainda estava no corredor. Olhando para cima, ela viu que as sandálias pertenciam a uma mulher idosa de rosto caridoso com sotaque paulista. A mulher quis saber do corte em seu supercílio, se devia chamar um médico.

Obrigado, eu estou bem, de verdade. Emma tentou se levantar e mostrar que não estava nem doente nem louca, mas um de seus pés tinha se transformado num saco de areia.

Sinto muito, ela disse, enquanto a mulher a ajudava a ficar de pé. Esse é meu quarto, bem aqui. Emma bateu na porta com confiança para provar.

Miles abriu a porta imediatamente, já vestido e barbeado e prontamente furioso. Você está péssima, ele disse. Onde estava?

Não estava em lugar nenhum, ela respondeu. Absolutamente nenhum.

Já era meio-dia. O brilhante e ofuscante meio-dia brasileiro. Os olhos de Emma ainda se ajustavam quando entrou no centro de traumas do hospital e finalmente se aproximou da cama de Marcus. Levou um minuto para decifrar a ruína de pele inchada e suturas que tinham substituído o rosto de Marcus. A lateral direita de sua mandíbula, deformada, era agora um pedaço de carne crua.

Fecha a porta, Raquel ordenou de uma cadeira.

Emma obedeceu, aliviada por ter motivo para desviar o olhar de Marcus e se ocupar com as coisas que tinha trazido para ele. Será que deixo suas roupas aqui, na mesa? Também trouxe chocolate e algumas mangas para...

Ele está com dor, disse Raquel. Será que você pode simplesmente se sentar?

Claro. Me desculpe. Emma agarrou a sacola junto ao peito, mas, de novo, não havia um lugar óbvio onde pudesse se colocar. Havia apenas uma cadeira e Raquel a ocupava. Talvez eu devesse voltar mais tarde, propôs.

Não, agora é uma boa hora. Preciso mesmo comer. Raquel se levantou e as duas mulheres trocaram de lugar em silêncio, Emma ocupando a única cadeira, distante da cama, longe da coluna de soro. Quando Raquel deixou o quarto, ela aproximou seus lábios dos dedos de Marcus. O braço dele parecia mais pálido agora, as veias mais visíveis na superfície.

Minha tradutora, ele balbuciou, e ela contou por quanto tempo permanecera sentada na sala de espera, quanto tinha desejado entrar na ambulância, mas a irmã dele...

Eu sei. Ele fechou os olhos. Ela estava perto o bastante para ver as escaras no canto dos lábios, a comprida fileira de pontos ao longo da aba inchada em que havia se transformado o sinal remanescente de sua orelha. Sentiu-se mal pela selvageria do ferimento e por pensar em sua autora descobrindo o que tinha acontecido com o filho. Ou não descobrindo.

Vou encontrar ela para você, disse Emma.

Por favor, não, e Raquel também não deveria. Nós fomos ingênuos, disse Marcus num tom que era novo para ela e beirava a amargura. Devíamos ter nos escondido, como minha mãe fez, ou ter deixado o país imediatamente.

Emma sentiu o coração dar um salto. Você deixaria o país agora?, ela perguntou, mas Marcus encolheu os ombros.

Não tem por que, ele disse. Eles já acabaram comigo. Sou um homem sem uma orelha.

À menção da orelha ele retirou sua mão da mão de Emma e fechou os olhos. Qualquer consolo que Emma pudesse pensar em dizer pareceu inadequado, e por isso ela ficou calada. Não sabia nem para onde olhar. De certo não para o curativo na orelha, nem para o pescoço, que parecia cru e com bolhas estranhas onde a corda prendera na pele o saco de pano que cobriu a cabeça de Marcus.

E o livro, disse Marcus com os olhos ainda fechados. Trouxe com você?

Trouxe. Ela procurou a sacola. Não sabia se você ia querer ouvir mais da história da sua...

Eu disse o seu livro. O que você estava escrevendo.

Emma se debruçou sobre ele como se estivessem na balsa outra vez, o vento úmido batendo nas suas costas. Quando Marcus fez menção de se erguer para ir ao encontro de sua boca, algo começou a apitar nos aparelhos. Deve ser o indicador de libido, disse Marcus, e o apito não parou. Ficou mais agudo e acelerado. Marcus a beijou com mais intensidade, e Emma deslocou seu peso para os punhos, fincando-se na cama, dificultando a vida de quem quer que aparecesse no quarto para checar os aparelhos e tentasse arrancá-la dali.

Mais um pobre rapaz de Minas Gerais, meus amigos, foi para o xadrez. Em tempo recorde, a polícia diz que encontrou e prendeu o homem que sequestrou o filho de Yagoda. Mas o pobre rapaz que eles capturaram não consegue nem escrever o próprio nome. Aqui na Rádio Globo nós nos perguntamos: como é que ele escreveu as cartas com os pedidos de resgate? Será que um agiota com tanto dinheiro assim teria uma ficha de ladrão de galinha?

E é isso, meus amigos, o grande circo da Justiça brasileira nunca para de funcionar!

A prisão passou no noticiário matutino quando Raquel estava sentada na cama do hotel. Terminava de comer um resto amanhecido de sanduíche do hospital enquanto enviava uma mensagem de texto para Thiago. Se fizesse pelo menos três coisas ao mesmo tempo, ela se sentia menos consciente de que continuava comendo daquele jeito, sozinha.

Você acha que esse homem, ela escreveu para Thiago, conseguiria sequestrar o arroz e feijão do próprio prato?

Engoliu um pouco mais do sanduíche insosso e leu novamente a mensagem, se arrependendo de tê-la enviado. Desde o episódio da arma, Thiago tinha se mostrado menos solícito. Levava horas para responder, e, quando o fazia, as únicas piadas que lhe ocorriam eram sobre dar o emprego dela a Enrico, se ela ficasse longe por muito mais tempo — Enrico, que era tão coxinha e inepto a ponto de os dois terem passado vários almoços tirando sarro dele.

A polícia acredita que a prisão pode resultar na volta da amada escritora Beatriz Yagoda, anunciou a apresentadora de TV, afastando as mechas de cabelo louro de seu rosto, e Raquel desligou o aparelho. Chutou o controle remoto para o chão, e também seu telefone, o que a levou a passar alguns segundos desesperados à sua procura, quando ele começou a tocar.

Mas era apenas Rocha. Com sua voz esnobe habitual, ele informou que recebera uma carta da mãe estampada pelos Correios de Cairu, onde ficava a remota ilha de Boipeba. O pedido de Beatriz, ele disse, é que você vá até ela.

Raquel olhou para as roupas imundas no chão, seu top empapado de suor, o sutiã amarelado. O único bom vestido de linho que trouxera estava agora manchado em dois lugares, embora ela o continuasse usando. Tinha até começado a reutilizar a roupa de baixo.

Rocha explicou que a carta era muito sucinta e Raquel assentiu, só percebendo que tinha começado a chorar quando passou a mão pelo rosto. E a minha mãe acha, ela disse, que basta mandar um bilhete por você que eu vou me jogar na próxima balsa para Boipeba?

Minha querida, você é livre para fazer o que bem entender com essa informação.

Sou mesmo? Não me sinto particularmente livre. Raquel puxou com força a gaveta da cômoda para pegar o bloco de anotações que sabia estar ali. Qual o nome do hotel?

Bem, pedi para a minha assistente investigar e acredito que você encontrará sua mãe na Pousada do Sol. A única referência dada por sua mãe foi de que estava hospedada no hotel de guarda-sóis amarelos.

Só o que ela escreveu foi guarda-sóis amarelos? Puta que o pariu! Raquel deixou-se cair na cama. Sabia que aquele era o tipo de destempero que faria um homem como Rocha recuar e que devia se acalmar. Ele era a única salvação.

E o que eu devo fazer com o meu irmão?, ela gritou mesmo assim. Deixar a tradutora da minha mãe cuidar de tudo? Emma não entende nada de hospitais brasileiros.

A tradutora vai dar conta, disse Rocha. Eu realmente tenho que desligar, querida. Um beijo.

Sozinha de novo com o pouco que restava de seu sanduíche amanhecido, Raquel buscou o telefone para fazer como os da sua geração. Tocou a tela e começou a fazer buscas.

Havia um catamarã para Morro de São Paulo. Dali ela teria que pegar uma lancha. Não parecia haver uma rota direta mas, em se tratando de sua mãe, rotas diretas nunca existiam.

Rolou a tela para ver os horários de saída dos barcos e encontrou apenas um: uma chance por dia, às dez da manhã.

Tinha cinquenta e três minutos.

Chance: do latim *cadentia*, aquilo que cai. **1**. Força supostamente responsável por causar eventos que não podem ser previstos ou controlados, como em: *Havia chance de ela encontrar a mãe sob um guarda-sol amarelo*. **2**. Ocasião favorável, oportunidade. **Ver também**: jogo, perigo.

A sirene do barco apitava quando ela chegou, o motor já talhando a água. Da plataforma de embarque Raquel pediu ao bilheteiro que esperasse, as rodinhas da mala gaguejando sobre as tábuas de madeira. Ele fez gestos para que ela não se apressasse, que estava tudo bem, mas uma vez que tinha começado a correr, ela já não conseguia parar. Ainda estava ofegante quando ele carregou sua mala para dentro do barco e disse que relaxasse. Ela não era a última. Um homem acabara de sair de um táxi atrás dela.

Parou logo depois de você, disse o bilheteiro.

E ele está descendo pela plataforma agora? Raquel sentiu a garganta fechar. Ele me seguiu, disse. Te dou cinquenta reais se você partir agora. Por favor. Ela pegou o braço fino e cheio de veias do homem. Era um velho, as sobrancelhas brancas e densas, a pele craquelada em torno da boca. Meu ex-namorado é terrivelmente violento, ela disse, vasculhando a carteira atrás de dinheiro.

Ofereceu sessenta reais, e o homem disse, Está bom, menina, já levantando a rampa.

Enquanto se afastavam do porto, ela não se permitiu olhar. Se tivesse um rosto, ele a assombraria por muito mais tempo. Pensou nas páginas da mãe, se ela tinha sido capaz de manter os olhos fechados. Da amurada do catamarã, o contorno embotado do porto ia ficando para trás.

Agora estavam na água, a caminho.

Embora vivesse em frente ao mar, Rocha não parava para observá-lo. Fazer isso tinha se transformado em um clichê. Mesmo assim, nesta manhã, não pôde resistir. Portanto, dez passos atrás dele, o guarda-costas temporário que tinha contratado para si e Alessandro também parou. Ser seguido o dia inteiro dessa maneira era irritante, mas até que o serviço pelo qual tinha pago estivesse concluído, não havia escolha. Limitava a própria liberdade como garantia.

Também tinha se esquecido dessa esplêndida brisa, como alguém pode sentir isso sem ter de parar completamente o que está fazendo, embora não fosse bem no mar que ele estivesse pensando, mas sim em Raquel prestes a cruzá-lo, em quanto tempo ela levaria para chegar a Boipeba. Era uma jovem enfadonha, ele achava, mas imaginá-la sozinha em um barco qualquer lotado de turistas, era de dar pena.

Mesmo que encontrasse a mãe, a conversa, ou a falta de, seria dolorosa. Beatriz fixaria o olhar em alguma incongruência brilhante na praia — a mão de uma boneca quebrada, uma ave agonizando, uma colher de plástico despontando da areia. Raquel veria a mãe olhando para longe e desejaria mais, muito mais, e quem poderia culpá-la? Ele também não queria mais de Beatriz? Não era isso que todos queriam?

Miles ficou. Emma não teve coragem de chutá-lo para fora do quarto, mas tampouco cedeu. A única refeição que fizeram juntos foi o café da manhã. Depois disso, saiu para o hospital e Miles nadou piscinas intermináveis no hotel, ou fez corridas quando ainda estava quente o bastante para queimar a pele da testa e a ponta de suas grandes orelhas. Quando Emma falou, no café da manhã, dos benefícios de se usar um chapéu, do quanto ela também tinha resistido à ideia, Miles desviou o olhar carrancudo para o garçom. Disse que podia vê-lo parado à porta não fazendo nada além de observar o mar. Deve ser por isso que você se sente tão à vontade aqui, ele disse. Não parecem se importar se há alguém esperando por eles.

Emma respondeu com um sorriso tenso. Parecia ser um momento tão inapropriado quanto qualquer outro para avisá-lo de que Marcus ia ter alta do hospital em breve. À notícia, Miles começou a cortar vários objetos invisíveis da mesa com a faca da manteigueira. Não dá para você continuar fingindo que esta é a sua vida, ele disse.

Tem sido a minha vida há anos.

Sik, ssik, sssik talhava a faca contra a mesa. Uma criança apareceu vendendo flores feitas com conchas pintadas à mão e o garçom se arrastou até eles para avisar que hoje não tinha expresso, infelizmente. Alguma coisa errada com a máquina. Podia trazer um chá?

A água em torno da ilha de Boipeba não escondia nada. Enquanto o catamarã diminuía a velocidade para atracar, Raquel podia ver o fundo do mar com nitidez, as conchas quebradas convulsionadas pelo movimento do barco, até mesmo os pequenos peixes cintilando em meio à vegetação aquática. Na margem, tudo era uma balbúrdia de turistas. Tentou observar com atenção os hotéis e seus guarda-sóis, mas foi distraída pelos jegues e os estrangeiros, os ilhéus agitados tentando ganhar algum trocado.

Senhora, a bagagem! Gritou um homem que carregava um dos jegues, apontando para o cocô que o animal tinha acabado de fazer e por cima do qual ela acabara de arrastar a sua mala.

Durante toda a semana, João observou a mulher idosa e pesada vestindo uma capa de chuva. Não tinha chovida um dia sequer em Boipeba, mas a mulher mantinha o casaco o tempo todo, como se fosse uma bolsa ou um animal de estimação. Quando entrou no hotel pela primeira vez, ele imaginou, por sua pele desbotada e os olhos claros, que fosse estrangeira. Mas ela falava perfeitamente um português com sotaque carioca e não pediu por ar-condicionado ou wi-fi ou qualquer outra coisa que os estrangeiros gostavam. Perguntou apenas pela tarifa semanal, acendeu um charuto Dannemann, como se fosse a coisa mais óbvia do mundo que uma mulher corpulenta e idosa segurando uma capa de chuva pudesse fazer em uma ilha remota, e o seguiu tão silenciosamente até o quarto que ele não saberia dizer se ela ainda estava atrás dele, não fosse o aroma de folha queimada do charuto.

Nos dias que se seguiram ela tinha fumado ao longo das tardes. Escolhia um lugar sob um guarda-sol ou uma das mesas à sombra das palmeiras. Ana, que arrumava os quartos de manhã, foi a primeira a chamá-la de Viúva Yolanda e a dizer que os charutos deviam ter pertencido ao marido. João nunca tinha visto uma mulher fumando charutos em público daquela maneira, mas até aí, sua mãe também tinha feito coisas estranhas depois que o barco pesqueiro tinha voltado do mar sem seu pai. Foi quando começaram os banhos no meio da noite e — tal como a Viúva Yolanda — as horas em que só o que sua mãe conseguia fazer era olhar para a lata de lixo ou para uma fenda na parede como se encerrassem segredos tão hipnotizantes quanto as ondas.

Mário, o dono do hotel, que tinha estado no Rio de Janeiro muitas vezes, disse que podia jurar que a viúva tinha sido bonita no passado. Era uma pena que ela tivesse se deixado engordar tanto e ficado taciturna. Disse que as cariocas eram conhecidas por continuarem sexy aos cinquenta e que, com os olhos verdes e os cabelos grisalhos avermelhados, Yolanda teria arranjado um segundo marido sem problema, se tivesse se mantido em forma.

Na ilha, entretanto, a Viúva Yolanda estava mesmo era desmoronando. A cada manhã parecia mais prostrada. No segundo dia, deixou o almoço intacto. No terceiro dia ela se sentou sobre os óculos e esmigalhou uma das lentes. Pediu uma fita adesiva a João para prender a armação, só o bastante para continuar a usá-los, mesmo admitindo que dificilmente conseguia enxergar alguma coisa com aquelas lentes.

Quando uma mulher mais jovem chegou durante o café da manhã de uma sexta-feira e disse Mamãe e correu até a viúva, os hóspedes que comiam nas outras mesas se viraram para olhar.

Ao toque da filha, um tremor atravessou a viúva como se esta fosse uma enguia em carne viva. João sabia que não devia olhar para as duas, mas não conseguia evitar. Ninguém conseguia. A filha encostou nos óculos tortos da mãe e na capa de chuva imunda e começou a chorar. Ao lado da filha, que não era bonita, ele entendeu do que Mário falava. Não era apenas porque a filha não tinha os olhos verdes da mãe, ou o nariz fino e comprido que parecia o de uma estrangeira. Quando a viúva se mexeu, pareceu um momento histórico. Era como observar uma chita envelhecida se movendo numa floresta. Ficaram hipnotizados, tentando imaginar com que facilidade ela deve ter caçado um dia.

E então a Viúva Yolanda repentinamente se livrou da filha e deu um passo para trás — deixando os braços da filha parados no ar, em torno do nada, na frente de todo o mundo. A filha desviou o rosto como se tivesse sido golpeada e João se virou de costas também, envergonhado por ela. Houve também, vindo do nada, um forte cheiro de estrume fresco.

Quando ele tornou a olhar, a filha saía do refeitório do café da manhã, a viúva atrás dela. As duas ficaram longe do hotel pelo resto do dia. Ele as viu uma vez na praia, a mulher dando baforadas num de seus longos charutos Dannemann, as mangas da capa de chuva dobradas nos punhos salpicados de sardas, e a filha falando, falando sem parar. No café da manhã dos dois dias seguintes elas se sentaram à mesa mais distante. João não podia ouvir o que diziam, embora fosse a filha quem estivesse sempre a gesticular, cerrando as mãos em punho. A Viúva Yolanda continuava imóvel, como uma chita, fumando, escutando.

Naquela tarde, tão repentinamente quanto tinha chegado, a filha arrastou sua mala de volta até o porto. A viúva a seguiu lentamente, sem levar nada além de seu casaco. Não tinham devolvido as chaves do quarto, nem pago pelas últimas duas noites. João sabia que era seu dever ir atrás de um hóspede numa situação como aquela. Mas era embaraçoso. Detestava aquilo e não podia se obrigar a fazê-lo agora, não com a viúva e sua filha feiosa. Se Mário brigasse depois, ele poderia simplesmente dizer que não as tinha visto partir, que elas foram sorrateiras. Mário tinha dito que a viúva era judia.

Mas Yolanda não partiu. Quando o barco se foi, apenas a filha estava a bordo. A viúva permaneceu no porto, observando, as mulas lentamente movendo-se à sua volta. Ainda estava lá quando os passageiros recém-chegados desapareceram da praia, e depois de o barqueiro ter saído para almoçar, o sol batendo contra seu corpo redondo e triste, e João pensou se deveria levá-la até uma sombra, se alguém deveria fazer isso, mas ninguém o fez. Ela não era aquele tipo de mulher.

Estar num porto no meio de um bando de jegues e ver sua filha zarpar para longe de você.

Vê-la através dos estilhaços dos óculos quebrados.

Ficar acordada durante duas noites vendo sua criança crescida dormir, uma criança que você obrigou tão cedo a virar adulta e que cresceu, por isso, teimosa como uma vinha.

Estudar a mulher que essa criança se tornou enquanto dorme pesadamente a seu lado.

Sorvê-la mais e mais, como um caldo para o qual não existe colher.

Enxergar o suficiente por entre o vidro fraturado de seus óculos para saber que mesmo dormindo ela agora se inquieta por você, abomina o casaco pesado que você encontrou num banco e que é sim hediondo, mas do qual você não consegue se livrar porque tem bolsos.

Preencher os bolsos maravilhosos com todos os charutos alemães do Brasil.

Fumá-los todos.

Ganhar coragem vagarosamente,
                    fumando,
        dizer isso.

Contar à sua filha a respeito do sangue que escorreu por suas pernas e manchou suas sandálias no banheiro de um restaurante logo depois que você se casou com o pai dela.

Deixar para a filha o breve intervalo de tempo entre o sangramento no restaurante, que você chamou de aborto espontâneo, e o momento em que você se sentiu grávida de novo, dizer a ela que você escreveu a frase daquela maneira em função da história.

Contar desse sangramento para ela e então se refugiar em máximas a respeito do ofício e da beleza.

Não fazer nenhuma menção à verdade sobre o intervalo, que tinha sido de menos de um dia, e que o doutor dissera se tratar da mesma gravidez, que tinha sido só um sangramento, não um aborto, porque você tinha certeza de que ele estava errado — era outro bebê agora e dessa vez você tinha escolhido o pai.

Aferrar-se a esta certeza como alguém se aferra a um casaco ou a uma palavra.

Ter feito um casaco de palavras e ter se camuflado com ele.

Ter subido até o alto de uma amendoeira.

Ter escalado cada vez mais alto como você fazia quando era criança e lembrar da mesma brisa carregando o mesmo perfume de amêndoas e, antes de que você pudesse cair, lá estava seu pai, embaixo, esperando para lhe segurar.

Suportar o fato de que você estava numa ilha, sem fazer nada além de fumar, enquanto a orelha de um de seus filhos era entregue num hotel dentro de uma caixa.

Compreender o quão repugnante é ter feito seu filho sofrer, os dois filhos sofrerem, e não ter com o que se esconder dessa vergonha a não ser, de novo, um casaco sujo.

Ouvir sua filha dizer que tem o cheiro de um estranho.

Ser esse estranho de que ela fala.

Entender que ser um estranho para ela o dia inteiro é como ter febre, a pele queima, e enquanto isso sua filha ferve, incapaz de lidar com você.

Vê-la partir em um barco através dos óculos em que você se sentou e que você não consegue consertar neste lugar onde ouviu te chamarem de Viúva.

Vislumbrar agora, enquanto ela parte, estilhaços o suficiente de sua filha através dos óculos quebrados para saber.

Apostar que o barco se transformou em um hífen contra a água, uma vírgula, e então

Quando Rocha sintonizou no canal certo já tinha perdido a última das chamas. Só o que as câmeras mostravam agora eram as cinzas, ardendo no vento como enxames de gafanhotos, ou como algo ainda menor que a TV não conseguia capturar — aglomerados de átomos e elétrons, partes espectrais de uma mente tão extraordinária para deixar o mundo de maneira comum, envelhecendo à espera de uma doença.

E então, por fim, a câmera se afastou e ele pôde ver o letreiro do hotel e os guarda-sóis amarelos, o quanto a metade posterior do edifício tinha virado um buraco negro de cinzas. Um jovem da ilha que trabalhava na recepção do hotel falava no microfone, mas Rocha cortou o som. Não aguentaria escutar as análises de um mensageiro qualquer de Havaianas. Já tinha ouvido os ilhéus falando sobre os charutos estranhos de Beatriz e como o incêndio fora, com toda a certeza, um acidente. Mas Beatriz tinha dito antes e ele esquecera. A ilha era o lugar certo para terminar, ela escreveu, e ele tinha interpretado a frase como se dissesse respeito somente ao livro que ele publicara, como uma maneira delicada de deixá-lo saber que ela não estava chocada com o que ele fizera de suas páginas. Lera o bilhete tão somente pelo que dizia de seus conhecimentos, de seu valor como editor de Beatriz.

Mesmo agora, observando a brigada de ilhéus sem camisa atirando baldes de água contra o quarto em que ela se incendiou, Rocha não conseguia pensar no corpo real de Beatriz. Apenas em suas frases, em Luísa Flaks na banheira derramando água e espuma sem parar, em como Beatriz tinha insistido que ele entendera a cena errado, que a linguagem era o que deveria ser contido, não a mulher que ela inventara, não a água derramando pela borda da banheira, pelo chão.

E agora, até mesmo as cinzas eram confusas. Uma mancha de areia ou fuligem tinha grudado na lente da câmera, ou talvez fosse uma gota d'água.

Pelo amor de Deus, arruma isso! Rocha gritou para a TV feito um velho. Mas a mancha persistia.

Eliminado. Era a palavra que o serviço tinha usado quando ligaram para informar que o agiota tinha finalmente desaparecido. Eles o tinham encontrado. A irmã de Rocha insistira que ele contratasse dois serviços, já que ao menos um certamente seria incompetente. Pagar vários criminosos para encontrar e matar alguém a seu pedido, aceitar um assassinato e preencher o cheque para um deles tinha feito com que Rocha se sentisse moralmente repugnante. Sempre se considerara com mais princípios do que os irmãos. Tinha sido condescendente consigo da mesma maneira que eles, mas pensou que fosse diferente, que quando chegasse o momento se aferraria a seus princípios de um jeito que seus irmãos e irmãs autocomplacentes jamais fariam. Mas não era verdade. Quando Marcus foi raptado, Alessandro tinha sugerido a possibilidade de contratarem um matador e Rocha se irritara com a sugestão. Contratar um assassino? Apoiar um negócio desses? Dissera a Alessandro que o país nunca avançaria se os cidadãos de bem começassem a contratar assassinos de aluguel para se matarem uns aos outros.

Mas ele o fizera. Tinha contratado um assassino de aluguel. Mais de um. Era um homem que se mantinha fiel aos princípios às custas da vida dos outros, mas não da própria.

Não às custas de seu amante. E agora não havia nada a fazer, senão assistir a essa reportagem de TV suja e inútil sobre um prédio que pegou fogo. Como todo o mundo.

À medida que o barco jogava, Raquel, agarrando-se à amurada, procurava se segurar, como todo mundo. Após cada onda o nariz do barco tombava sobre as águas com tamanha violência que os passageiros caíam das cadeiras. É a lua, ela é o motivo, disse uma mulher de idade agarrada às grades de proteção ao lado de Raquel. A mulher começou a descrever sua última viagem naquele barco, logo antes de uma lua cheia, e Raquel concordou educadamente, ouvindo-a sem prestar atenção, já que não pretendia pegar outra vez um barco para Boipeba. Também não ia abandonar a mãe. Enviaria Marcus em seu lugar. Ele teria estômago para ver a mãe caminhando com aquela capa de chuva imunda de morador de rua. Mandaria óculos novos e sandálias e roupas limpas. Ele viria e decidiria o momento certo para trazer a mãe de volta em segurança. Era a vez dele assumir. Raquel não queria fazer aquilo de novo, não agora.

Olhe só! A mulher tagarela apontou para o que parecia ser mais uma onda esquisita, até que Raquel viu uma linha cinza e comprida cortando a superfície da água — as costas imensas de uma baleia.

Então, de maneira tão repentina quanto tinha surgido, afundou de novo.

João não estava com fome.

Mas sua mãe tinha lhe preparado pão de coco e insistiu.

Então ele comeu por ela.

E sua mãe se aproximou e escovou as cinzas de seu cabelo.

Emma retirava fios de cabelo de sua escova no banheiro quando ouviu Miles gritando qualquer coisa a respeito de Beatriz do outro lado do quarto. Ligou o ventilador do banheiro para neutralizar o som da voz de Miles. Apesar de seus esforços para ser franca com ele, Miles se recusava a deixar o Brasil ou a arrumar outro quarto. Nas corridas de longa distância, ela tinha admirado a habilidade de Miles em perseverar a todo custo. A determinação dele era contagiante, talvez não tanto quanto agora, no Brasil. Com Miles relutando em se mover, Emma decidiu que a única opção era sair ela mesma. Não faltavam hotéis em Salvador. Quando o hospital desse alta para Marcus, naquela tarde, eles simplesmente iriam para outro lugar.

Pela manhã, no entanto, ela ainda estava confinada àquela situação e ao som de Miles gritando fora do banheiro. Mesmo com o ventilador ligado ela conseguiu ouvir ele dizer alguma coisa sobre um incêndio. À palavra *morta*, ela não resistiu, parou de escovar os cabelos e deixou a escova na pia, ao lado do sabão.

Ela o ouviu dizer *queimada*.

Ela ouviu *destruída*.

O quarto desmoronando ao seu redor.

Ela ouviu *desaparecida*. Da recepção do hotel, na TV.

Ouviu o bastante para sair do banheiro e encontrar a porta do quarto entreaberta e a TV ligada. Na tela um buraco fumegante no lugar onde antes havia um prédio. Turistas e ilhéus agrupados em frente ao hotel, tossindo com a fumaça. Um helicóptero pousou enquanto uma mensagem em gordas letras brancas cruzava a parte inferior da tela: ESCRITORA DESAPARECIDA BEATRIZ YAGODA ENCONTRADA MORTA EM INCÊNDIO NA ILHA DE BOIPEBA.

A mensagem cruzou a tela uma segunda vez, uma terceira, e Emma continuou lendo, traduzindo-a incessantemente em sua cabeça. Ainda estava obcecada pelas palavras que se repetiam na parte inferior da tela quando ouviu Miles falando com alguém do lado de fora da porta.

Emma, você pode por favor avisar esse homem que ele bateu no quarto errado?

Ao som de seu nome, Emma finalmente virou o rosto e viu Marcus paralisado na porta, olhando para a TV. Ela entendeu o que estava acontecendo, assim como Miles, que agarrou a camiseta de Marcus com as duas mãos e começou a chacoalhá-lo tão violentamente que Marcus gritou de dor e tentou proteger o lado machucado da cabeça. Emma gritou para que Miles parasse e saltou para tirá-lo de cima de Marcus, as notícias passando na TV atrás deles, o som da TV parecendo cada vez mais alto, engolindo o quarto e o corredor e então Marcus conseguiu se livrar e Emma correu em sua direção, pedindo desculpas, e ele disse, Por favor. Minha mãe está morta. Me deixa em paz.

Se estão prestando atenção ou não, se uma frase bonita emociona vocês ou se não estão nem aí, meus amigos, o fato é que a literatura brasileira perdeu hoje um pedaço de sua alma. Beatriz Yagoda pode ter apostado muito e se escondido dos próprios filhos, mas escrevia como se o próprio quarto estivesse pegando fogo, e assim ele desabou. Às nove horas da manhã de hoje, ela morreu incendiada em um hotel na ilha de Boipeba. As chamas, meus amigos, começaram com um charuto aceso no quarto. Fumantes, prestem atenção.

Emma permaneceu no quarto do hotel no caso de Marcus ligar de volta. Deixara mensagem após mensagem até que a caixa de voz estivesse cheia. Raquel ligou uma vez dando detalhes do funeral, e foi só.

Miles finalmente tinha voado de volta para Pittsburgh. Sua autora se foi.

Além do grito eventual nas ruas ou das notas esparsas de um samba nos carros que passavam, nada quebrava o silêncio impessoal do quarto de hotel. À medida que os longos minutos de uma tarde úmida se tornavam os ainda mais longos minutos da noite, seu cansaço aumentava. Conferiu os voos online, mas não se decidiu por nenhum. Saiu para comprar comida, voltou, e assim as horas até o funeral pingavam como uma torneira com vazamento.

Estava escuro quando começou a percorrer as páginas de seu caderno, tentando compreender a intenção das frases que tinha riscado e então escrito novamente. Após tudo o que tinha acontecido nos últimos dois dias, até mesmo sua caligrafia se tornara misteriosa para ela.

Com as traduções, ela aprendera a digitar longos trechos sem jamais olhar para a tela. Mantinha o rosto voltado para o livro de Beatriz, apoiado sobre a mesa com as páginas abertas, ou então olhava pela janela e confiava nos dedos para teclar as palavras assim que ocorriam a ela. Quando olhava de volta para ver o que tinha escrito, havia certa magia em constatar que as mãos tinham de fato traduzido com precisão, em frases na tela, o que se passara em sua mente. Não havia motivos para acreditar que os dedos não executariam uma mágica similar se o que ela digitasse fosse eventualmente as suas próprias palavras.

E se os dedos falhassem na tarefa, se o que ela escrevesse não fosse digno de ser digitado, quem jamais saberia? Estava sozinha com todas as horas de sua vida.

Transcrever: do prefixo latino *trans* + *scribere*. **1**. Escrever algo de novo e inteiramente, como as notas de uma música para um novo instrumento. **2**. Converter um trabalho escrito de tal maneira que altere as expectativas de outros e/ou de si mesma, frequentemente exigindo desprender-se completamente de tais expectativas. **Ver também**: transformar, transgredir, traduzir.

Rocha preparou uma recepção privada para depois do evento que o Ministério da Cultura promoveu para reunir o público na Biblioteca Nacional. Para os literatos, Rocha encomendou um banquete completo no Antiquarius e tratou com o chefe diretamente para se certificar de que tudo estivesse impecável, os melhores pratos de carnes e frutas, os sashimis preparados com o maior primor, várias saladas. Escolheu ele mesmo as flores, pequenos vasos de lírios brancos, e fez questão de arranjá-los com sutileza, e não simplesmente entulhá-los com folhas de samambaia e outros enchimentos.

Todas as noites antes do funeral ele acordava e via as cinzas dançando sob o teto em cima da sua cama e por entre as paredes, no espelho do banheiro. Além dos telefonemas de preparativos para o funeral, mal tinha conversado com alguém. Um homem que sabe como ficar em silêncio, Beatriz escrevera em seu terceiro romance, é um homem que sabe como começar.

Mas começar o quê? Por quem?

Se João tivesse sentido cheiro de fogo mais cedo.

Se tivesse saído mais cedo, visto a fumaça soprando por sobre as buganvílias.

Se a mangueira do jardim fosse mais comprida.

Se a ilha tivesse seu próprio caminhão de bombeiros, se Mário tivesse comprado extintores, se alguém tivesse roupas próprias para incêndio e máscaras que tornassem possível entrar e retirar uma pessoa de dentro de um quarto em chamas.

Se não tivessem usado tantos bambus nas cadeiras e também nas cômodas.

Se tivessem pensado em quão depressa queima o bambu e um quarto se enche de fumaça.

Se tivesse ficado mais tempo.
Se tivesse insistido para que a mãe também subisse no barco.
Se a tivesse forçado.
Se tivesse sido mais compreensiva.
Se o motor tivesse afogado.
Se não tivesse encarado tanto aquele casaco medonho.
Se tivesse aberto os olhos no escuro e olhado de volta para sua mãe.
Se tivesse admitido o quanto era bom deitar ali e sentir a presença da mãe, zelando.
Se tivesse sobrado qualquer coisa da mãe após o incêndio.
Se os bombeiros tivessem encontrado vestígios até mesmo dos seus dentes.
Se Raquel tivesse se virado e acenado de novo, com mais força.
Se tivesse gritado enquanto o barco manobrava e tivesse deixado sua mãe curiosa sobre o que gritara do alto mar.
Se as ondas tivessem sido tão violentas que não pudessem partir.
Se a baleia.
Se o barco.
Se a chuva.

Se honramos o que podemos recordar aceitando que não podemos mudá-lo, dizia o rabino. Ou talvez ele dissesse algo com mais sentido, porém Emma não conseguia acompanhá-lo. Sua mente estava vazia e ela se sentia inquieta. Como se alguém a observasse com uma intensidade desconcertante, da mesma maneira que Beatriz a observava quando ela cruzava o quarto em sua direção.

Mas não podia ser isso. Sua autora estava morta, tinha virado cinzas. Alguém no funeral devia estar observando as pessoas com um olhar elétrico semelhante. Emma tentou descobrir quem poderia ser, mas todas as cabeças pareciam estar abaixadas para rezar o *kadish*.

Ela também abaixou a cabeça e se forçou a pensar nas palavras, ainda que as conhecesse. *Yit'gadal, v'yitkadash*, murmurou em hebraico, em uníssono com os parentes mais velhos que tinham chegado cedo e ocupado toda a primeira fila. Raquel se recusara a solicitar o valor do resgate a esses velhos tios e tias, mas os convidou para o funeral, e todos estavam lá, abraçando Raquel e Marcus como se fossem crianças. Uma vez acomodados na primeira fila, pareceu certo que estivessem ali, as vozes graves fazendo coro para a oração aos mortos.

Emma não entendeu por que o chefe barulhento e peludo de Raquel também estava entre eles. Os parentes, ela compreendia — eram aqueles que no fim das contas estariam deitados ao lado de Beatriz, seus pais e o irmão, ali no Cemitério Comunal Israelita do Caju. Se ao menos tivessem ligado para eles mais cedo.

Se Beatriz tivesse pedido dinheiro a eles em vez de a Flamenguinho.

Se o irmão que Beatriz dissera visitar no cemitério não tivesse morrido aos dezessete. Se ele a tivesse conhecido como somente um irmão pode conhecer, depois de tantos anos.

Se Emma a tivesse conhecido de fato.

Se tivesse feito perguntas melhores.

Se tivesse feito menos perguntas.

Se tivesse sentado com Beatriz na varanda, apenas uma vez, sem ficar tão nervosa a ponto de interpor uma cortina de perguntas literárias entre elas.

Se, por favor, todos puderem voltar à página 110.

À página 123.

Se tiverem a gentileza de prestar atenção em Raquel, que escolheu uma passagem de —

Se você conhecem o segundo romance de minha mãe, então devem se lembrar desta cena. Vem logo após a morte dos prefeitos, quando as borboletas começam a chegar com as asas mais pesadas.

Por anos, Raquel começou a ler, elas chegavam numa abundância brilhante, formando nuvens sobre as barrancas do rio. Turistas vinham aos montes para contemplá-las em seus esplendores laranja e rosa. Mas então um prefeito foi exterminado em sua própria cama, o outro esquartejado, e quando as borboletas chegaram, já não foi como antes. Primeiro o laranja de suas asas se transformou num preto reluzente. Então o rosa da borda das asas se escureceu num marrom enlameado. Elas começaram a chegar em nuvens ainda mais opacas e sem cor, e os turistas não suportaram aquilo. Chamavam-nas de mariposas, e saíam de lá atordoados.

Apenas os locais, ela prosseguia lendo, continuaram a chamá-las de borboletas, a estender os braços para que elas batessem as asas contra suas peles. A respeito do escurecimento das asas, ao longo do Amazonas passaram a se referir àquilo como a tinta azul dos olhos dos bebês, o tom do rio às seis da tarde em meio à neblina que se seguia às chuvas.

Raquel interrompeu a leitura para dominar suas mãos e fazer com que as páginas parassem de tremer. Mas demorou um pouco demais. Perdeu o ponto na página. Enquanto procurava por onde havia parado, lhe ocorreu quantos muitos segundos como aqueles ainda estariam por vir, sua mãe morta e nenhum lugar mais para procurar por ela exceto no nevoeiro de frases como aquelas.

Em meio à neblina que se seguia às chuvas, Raquel repetiu, olhando para a multidão que se reunira para velar sua mãe, todos observando, esperando que ela continuasse a leitura. Só quando seu olhar se deteve na segunda fileira ela entendeu quem é que estava procurando, a única pessoa que saberia até que ponto suas mãos tremiam e quais as próximas palavras que ela precisava. Emma soprou a frase em que Raquel tinha parado e, encontrando-a, Raquel continuou a ler, indo muito além de onde tinha planejado, só para mostrar que conseguia. E então leu mais ainda, até que aquilo não mais dissesse respeito a mais ninguém no funeral, nem mesmo à mãe. Lia tão só pelas frases, a respiração combinada ao tira e põe da cadência, o ritmo das palavras preenchendo seu peito e, pela primeira vez em muitos dias, ela não se sentiu vazia.

Quando voltou a se sentar ao lado de Marcus, estava ofegante. Algumas tias se curvaram para dizer quão lindamente ela tinha lido e Raquel agradeceu, o rosto molhado, e então Marcus pegou sua mão e ela se deixou desabar um pouco no ombro do irmão, ainda que não houvesse muito do irmão onde pudesse desabar. Estava tão ossudo. Sob o terno, seu peito parecia afundado como um navio e, inclinando-se sobre ele, Raquel não conseguia se lembrar de por que tinha sido necessário para seu irmão ser alguém tão solitário quanto o ela.

No altar, o rabino que nenhum deles conhecia chegou ao final da cerimônia e a barragem cedeu. Todo um rio de gente carpideira começou a correr para eles. Raquel disse a Marcus que se afogariam caso não fugissem imediatamente para um dos sedãs pretos que Rocha alugara para a procissão.

A menos que, ela disse, exista alguém que você queira convidar para ir com a gente.

Marcus abaixou a cabeça e disse que só podia pensar em uma pessoa. Eu pergunto para ela, Raquel se ofereceu. Vá para o carro. Te encontramos lá.

.

O semestre começou. A pilha de planos de aula. Uma aluna chegou com uma camiseta do avesso. Outra entrou na sala de aula mascando chicletes com a boca aberta e com tamanha energia que envolvia todos os músculos do rosto nessa atividade.

Só que neste semestre o calor durou mais e mais. As folhas permaneceram nas árvores.

Após a quinta aula, Emma encontrou um pequeno lagarto amarelo escalando sua xícara de café. Na semana seguinte, a porta de sua sala emperrou devido à umidade e ela ficou presa lá dentro, batendo em sua própria porta até que um colega de passagem forçou a maçaneta e a libertou. Noutra manhã a maçaneta enferrujada saiu na sua mão.

Na Pontifícia Universidade Católica do Rio de Janeiro, havia pouca coisa que Emma podia prever com algum grau de consistência. Nesse aspecto, não estava muito distante do resto de sua vida. Seus pais continuavam a dizer que aquilo não estava direito, que ela não podia viver daquela maneira com trinta anos de idade, sozinha e em um país perigoso, dando aulas por tão pouco dinheiro que ela teve que alugar o quarto de uma musicóloga de nome Esmeralda.

No entanto, Emma só ficava no apartamento de Esmeralda quando estava escrevendo. Nas outras noites ela ficava com Marcus, ou pegavam o ônibus e subiam o litoral. No presente momento, por exemplo, eles estavam sentados à sombra de uma palmeira observando uma mulher que não tinha o tamanho ou o corpo para ser Beatriz, mas que escrevia na areia com o dedo do pé e se aproximava mais e mais do mar, a cada palavra. Enquanto observavam, as ondas começaram a fazer espuma em torno dos tornozelos da mulher e ela continuou escrevendo, entrando cada vez mais, as palavras começando a se dissolver enquanto as escrevia. De certo, ela seria razoável e pararia de escrever quando a água chegasse aos joelhos.

Mas e se não parasse? Se seguisse em frente?

Os banhistas já começavam a olhar para os lados, imaginando quem seria o primeiro a se aproximar da mulher, e com qual pergunta. Quanto àqueles que permaneceram debaixo de seus guarda-sóis, será que essa estranha não poderia voltar para assombrá-los de alguma maneira? Não acordariam no meio da noite com espuma ao redor do tornozelo, percebendo que, enquanto dormiam, eles também entravam no mar com essa mulher desconhecida?

SOBRE A AUTORA

Idra Novey nasceu na cidade de Johnstown, Pensilvânia, Estados Unidos, e graduou-se na Universidade de Columbia, com um mestrado em escrita criativa. Morou por algum tempo no Chile e no Brasil, antes de fixar-se em Nova York, onde reside atualmente. Publicou seu primeiro livro de poemas, *The Next Country*, em 2008, ao qual se seguiram *Exit, Civilian* (2011) e *Clarice: The Visitor* (2014) — este, em grande parte, fruto de seu profundo interesse pela obra de Clarice Lispector.

Além de seu trabalho como escritora, que lhe rendeu inúmeros prêmios, e de sua colaboração regular em jornais e revistas como o *Los Angeles Times*, *The New York Times* e *The Paris Review*, Idra Novey tem uma atuação das mais significativas como tradutora, tendo vertido para o inglês a própria Clarice (*The Passion According to G.H.*, 2012), e os poetas Paulo Henriques Britto (*The Clean Shirt of It*, 2007) e Manoel de Barros (*Birds for a Demolition*, 2011). Como professora de tradução e escrita criativa, Idra Novey lecionou nas universidades de Princeton, de Columbia, na Universidade Católica do Chile, na New York University e na Bard Prison Initiative.

Considerado um dos melhores livros do ano nos Estados Unidos, *Ways to Disappear* (*A arte de desaparecer*), lançado em 2016, é seu primeiro romance e recebeu, entre outros, o prestigioso Brooklyn Eagles Literary Prize de 2016 e o Sami Rohr Prize de 2017.

SOBRE O TRADUTOR

Roberto Taddei é mestre em escrita criativa pela Columbia University, de Nova York. Jornalista e escritor, é autor dos romances *Terminália* (Prumo/Rocco, 2013) e *Existe e está aqui e então acaba* (Dobra, 2014). Colaborou com os jornais *O Estado de S. Paulo*, *Jornal da Tarde* e *Diário do Comércio*, foi editor-chefe do portal estadão.com.br, e escreve resenhas críticas para o caderno Ilustrada do jornal *Folha de S. Paulo*. Ministrou cursos de criação literária em Nova York (Columbia University) e São Paulo (AIC, Sesc, e B_arco), e é atualmente coordenador do curso de pós-graduação Formação de Escritores, do Instituto Vera Cruz.

Este livro foi composto em Sabon, pela Bracher & Malta, com CTP da New Print e impressão da Graphium em papel Pólen Soft 80 g/m² da Cia. Suzano de Papel e Celulose para a Editora 34, em dezembro de 2017.